Herausgeber:

April G. Dark, Schillerstraße 48, 67098 Bad Dürkheim

ISBN: 979-8843120528

THE PAIN OF TRUTH AND REVENGE

NOVEMBER'S DEATH – BUCH 3

ALECTRA WHITE

EINE LETZTE WARNUNG?

Nein, ich werde an dieser Stelle keine erneute Warnung
aussprechen. Die habt ihr schließlich bereits im ersten Band
erhalten. Stattdessen sage ich nur: Danke, dass ihr Winter und
mich auf dieser Reise begleitet habt. Es war grandios! Aber
Dante ist ab jetzt euer Problem. Und er ist verdammt wütend.

Auf dass eure Liebe zu ihm ausreicht, um zu überstehen, was er
euch antun wird.

PS:
Ich übernehme keine Haftung für gebrochene Herzen, vom
Weinen aufgequollene Augen oder feuchte Höschen.

❤

Broken souls can heal. It takes time, but eventually, the scars will fade until they're nothing more than reminders.

But a shattered soul ... One ruined beyond repair ...
A soul like this may be lost forever.

EINS
WINTER

Wer glaubt, Angst könne man nicht sehen, hören oder riechen, irrt sich.

Ich sehe sie in Dantes dunklen Augen, als er aufspringt.

Höre sie in der morgendlichen Stille, die von den Schreien der Tiere durchschnitten wird, als wir aus dem Haus laufen.

Rieche sie in der Luft, als ich hinter Dante und Amanda um die Ecke stolpere und mir augenblicklich wünsche, ich könnte mich einfach umdrehen und wegschauen.

Es ist, als würde ich in den Höllenschlund blicken. Beinah die gesamte Nordseite des hölzernen Stallgebäudes brennt lichterloh. Die Flammen scheinen nach den letzten noch blass schimmernden Sternen am Himmel greifen zu wollen, während die Tiere auf der angrenzenden Koppel panisch umherrennen. Zumindest die, die es unversehrt raus geschafft haben.

Amanda muss die Türen geöffnet haben, bevor sie uns geholt hat, doch das Wehklagen, das aus dem Stall kommt ...

So muss das Fegefeuer klingen, geht es mir durch den Kopf, bevor mir klar wird, was das bedeutet. Was es *für Dante* bedeutet.

Das hier ist sein schlimmster Albtraum. Es wird ihn vernichten. Er wird sich selbst die Schuld dafür geben und glauben, er habe erneut versagt und sei für das Leid der Tiere verantwortlich.

Es wird sein Herz aus Gold zerstören.

Er reißt die Waffe aus seinem Schulterholster, wirft sie achtlos auf den Boden und will auf das Gebäude zulaufen. Instinktiv greife ich nach seinem Arm, um ihn aufzuhalten, doch er schüttelt mich ab. »Du bleibst hier«, bestimmt er völlig außer sich. »Amanda!«

Hände packen mich von hinten und halten mich fest, während ich dabei zusehe, wie Dante direkt ins Feuer rennt.

Ein Schrei, der aus der Tiefe meiner Seele zu kommen scheint, dringt aus meiner Kehle, hört sich zugleich jedoch unglaublich weit weg an. Wie von Sinnen kämpfe ich gegen Amandas Griff an, während sie auf mich einredet und mich festhält, doch als der Dachsparren unter der Zerstörungswut der Flammen nachgibt, erschrecken wir beide und ihre Finger lockern sich.

Ich nutze den Moment und renne los.

»Winter!«

Ihre Rufe ignorierend und blind vor Sorge laufe ich durch das große Tor ins Innere des Stalls.

Überall ist dichter, dunkler Rauch, der vom gespenstischen Flackern der Flammen erleuchtet wird. Die Hitze erschlägt mich förmlich, und ich halte mir die Arme vor das Gesicht, weil überall Funken und brennendes Stroh umherfliegen. Hustend versuche ich auszumachen, woher die Schreie kommen, doch das laute Knistern des Feuers, das an dem knackenden Holz leckt, dröhnt zu sehr in meinen Ohren.

Ich ziehe den Kragen meines Shirts hoch und bis über die Nase, wobei ich mir die Tränen aus den Augen wische. »Dante!«

Der beißende Geruch von verbranntem Fleisch liegt in der Luft und lässt pures Grauen in mir aufsteigen. Falls ihm etwas passiert ist … Falls er in die Flammen gelaufen ist und –

»*Dante!*«

Über mir ächzen die Balken, während ich weiter durch den Stall gehe. Die Hitze fühlt sich an, als würde sie mir die Haut vom Körper brennen wollen, wobei der Rauch mir im Hals kratzt. Trotz des Stoffes vor meinem Gesicht zieht sich meine Lunge schmerzhaft zusammen, und ich kann das Husten kaum noch kontrollieren.

Die frische Morgenluft, die durch die geöffneten Türen weht, facht die Flammen nur noch mehr an. Selbst wenn wir den Brand irgendwie löschen könnten, wäre der Stall kaum zu retten. Ich wage es nicht, mich zu fragen, ob es alle Tiere nach draußen geschafft haben. Denn tief in mir drin weiß ich es bereits. Die Schreie und der Geruch …

Es riecht nach Tod.

Plötzlich bricht rechts über mir ein Teil des Heubodens

zusammen. Brennende Ballen fallen in einem Funkenregen hinab und lassen mich vor Schreck zur Seite springen, bevor Sekunden später ein dunkler Schemen vor mir auftaucht. Kräftige Hände reißen mich von meinen Füßen und tragen mich durch den Rauch, der sich immer erbarmungsloser in meine Lunge frisst.

Ich muss das Bewusstsein verloren haben, denn als ich es schaffe, die Augen zu öffnen, liege ich auf einem der Sofas im Wohnzimmer. Dantes Gesicht schwebt über mir – rußgeschwärzt und schweißnass. In seinen Augen steht der blanke Horror, während er mir die Haare aus dem Gesicht streicht und sein Blick hektisch über mich gleitet.

»Geht es dir gut?«, frage ich mit kratziger Stimme und will meine Hand an sein Gesicht heben.

Er fängt sie in der Luft ab und umschließt sie so fest mit seiner, dass meine Gelenke knacken. »Gottverdammt, Winter …« Dann beugt er sich nach unten und presst seine Lippen beinah gewaltsam auf meine, bevor er sich wieder von mir entfernt und seine Hände an meine Wangen legt. »Bist du verrückt geworden? Du solltest –«

»*Sterben.*«

Dante erstarrt, und auch ich halte für einen Augenblick die Luft an, obwohl meine Lunge brennt, als wäre das Feuer im Stall auf sie übergesprungen. In meinem Kopf sind tausend Gedanken, doch ich kann keinen davon greifen. Ist Dante unverletzt? Was ist mit dem Stall? Wieso sagt Amanda sowas? Wie viele Tiere sind in den Flammen –

»Du solltest verdammt noch mal *tot* sein!«

Ich drehe meinen Kopf, bis ich sie erfassen kann. Sie steht nur wenige Meter von uns entfernt. Ihr Gesicht ist auf seltsam fremde Weise verzerrt, und ihre Augen glühen vor Wahnsinn, während sie den Lauf einer Waffe auf uns richtet.

Bevor ich etwas sagen oder ihn warnen kann, erhebt Dante sich. »Was hast du gerade gesagt?«, fragt er mit tödlicher Ruhe und dreht sich dabei um. Als er Amanda ansieht, verkrampfen sich seine Muskeln sichtlich unter dem angesengten Hemd.

»Du hast mich schon verstanden«, erwidert sie beinah genervt. »Sie sollte tot sein. Genau wie du.«

»Amanda …« Dante bewegt sich leicht zur Seite, so dass er direkt zwischen der Pistole und mir steht. »Nimm die Waffe runter.«

Sie wirft den Kopf in den Nacken und lacht. Laut. Beinah manisch. *Verrückt.*

»Was ist, Dante?«, fragt sie herausfordernd, sobald sie sich beruhigt hat. »Macht es dich etwa nervös, dem Tod ins Auge zu blicken?«

Dante rührt sich keinen Millimeter. Wie ein Fels in der Brandung steht er vor mir und verdeutlicht mit seiner Körperhaltung, dass er kein bisschen nervös ist.

Zumindest nicht seinetwegen.

Er macht sich zum menschlichen Schutzschild, während ich wie erstarrt daliege und zu verstehen versuche, was hier los ist. Wieso Amanda uns bedroht. Warum sie gerade nichts mit der jungen Tierärztin gemein hat, die meine Schnittwunden versorgt und mit mir gelacht hat. Und was zum Teufel sie damit meinte: Ich sollte tot sein.

Nichts davon ergibt Sinn. Das ist nicht die Frau, die mir von Dantes aufopferungsvollen Taten erzählt hat. Vor uns steht eine völlig fremde Person und zielt mit einer Waffe auf uns. *Auf Dante.*

Alles in mir schreit danach, aufzustehen, doch meine Muskeln gehorchen mir einfach nicht. Ich will mich vor Dante stellen, bin aber zu schockiert von dem Brand und der Tatsache, dass unsere Freundin uns bedroht und vom Tod spricht.

»Was soll das, Amanda?«, verlangt er in beinah lockerem Ton zu wissen, wobei er sich noch breiter macht. »Du würdest nicht auf mich schießen. Das wissen wir beide. Also nimm –«

Der Schuss lässt mich zusammenzucken und die Augen schließen. Als ich sie wieder öffne, blickt Dante auf seinen linken Oberarm, bevor er den Kopf neigt, wobei sein Nacken hörbar knackt. Sein Hemd beginnt dort, wo die Kugel ihn getroffen hat, vor Blut zu glänzen, und einzig das Wissen um seine Analgesie und die Tatsache, dass es nur ein Streifschuss ist, halten mich davon ab, aufzuspringen.

Amanda legt ebenfalls den Kopf schief, wobei sie die Waffe weiterhin erhoben hält. »Bist du dir da wirklich sicher?« Ihre Stimme ist nun leise und eiskalt. Das pure Böse schwingt in ihr mit und lässt mich erschaudern, während Dantes Finger zucken, als wollten sie sich zu Fäusten krümmen.

Plötzlich fliegt Amandas Blick zur Seite, als würde etwas sie ablenken. Dante nutzt die Chance und reagiert blitzschnell. Im einen Moment ist die Pistole in Amandas Fingern – im nächsten liegt sie in Dantes rechter Hand, während die andere ihren Hals umgreift. Er drängt ihren Körper gegen die Wand, und als meine Muskeln mir endlich gehorchen und ich mich ruckartig aufsetze und umdrehe, sehe ich Robin im Durchgang zur Küche stehen.

Seine Augen sind schreckgeweitet, als er schwer atmend zwischen uns hin und her sieht. »Dante?«

»Ahh … Das Hündchen kommt zu seinem Herrn«, spottet Amanda, wobei ihre Worte kratzig klingen, weil Dante ihr das Luftholen erschwert.

»Rede!«, fordert er grollend und presst die Mündung der Pistole gegen ihre Schläfe. »Wieso sollte Winter tot sein?«

Robin schnappt hörbar nach Luft. »Was?« Sein Blick fliegt kurz zu mir, bevor er wieder zu Amanda und Dante zurücksieht.

Was auch immer hier geschieht – Robin scheint es ebenfalls nicht zu verstehen, und aus irgendeinem Grund durchströmt mich bei dieser Erkenntnis Erleichterung.

Als Amanda nur ein leises Lachen von sich gibt und Dantes Blick wortlos erwidert, verstärkt er den Druck um ihre Kehle, bis ihr Gesicht eine beängstigende Farbe annimmt und er seinen Griff wieder lockert. »Also?«

Amanda ringt nach Atem, wobei der Wahnsinn in ihren Augen steht. »Sie sollte brennen«, erklärt sie grinsend. »*Ihr* solltet brennen. Ihr solltet in dem Feuer sterben. Winter, deine verdammten Viecher und du. Ihr solltet alle verrecken!«

Es vergehen endlose Sekunden, in denen Amanda die Luft ausgeht und keiner von uns etwas sagt, bis ein Ruck durch Dante geht und er den Pistolenlauf so fest gegen ihre Schläfe presst, dass ihr Kopf davon zur Seite geneigt wird.

»*Du* hast das Feuer gelegt«, schlussfolgert er kaum hörbar.

Auf Amandas Lippen, die inzwischen fast blau sind, weil Dante erneut ihre Luftzufuhr blockiert, formt sich ein grausames Lächeln.

»Wieso?«

ZWEI
ROBIN

Hört auf. Hört auf. Hört verdammt noch mal auf!

Ich schreie die Worte in meinem Kopf, doch meine Zunge ist wie gelähmt. Dabei ertrage ich das alles nicht. Die Drohungen. Das Blut. Die Waffen. Ich verstehe nicht, was hier passiert, aber ich hasse alles daran. Hasse Dantes Hand an Amandas Kehle und den Geruch von Feuer, der inzwischen auch im Haus in der Luft liegt. Ich hasse Winters rasselnden Atem, weil er mich vermuten lässt, dass sie zu viel Rauch inhaliert hat. Und ich hasse Amandas Worte. Sie machen mir Angst. Sie machen mich wütend. Sie machen mich ratlos, weil sie absolut keinen Sinn für mich ergeben und ich die Frau vor mir nicht wiedererkenne.

»Rede endlich!«, fordert Dante erneut, wobei er die Waffe jedoch nicht sinken lässt. Ich kann die Wut in seiner Stimme deutlich hören und weiß, dass es Mordlust ist, die darin mitschwingt. Ich habe sie schon zu oft gehört, als dass ich mir etwas anderes einreden könnte.

Amandas Gesicht verzieht sich zu einer beängstigenden Grimasse, bevor sie endlich preisgibt, was sie angetrieben hat. »Du hast ihn getötet«, beginnt sie, wobei nun auch in ihren Augen Zorn und Hass aufflammen.

»Ich habe eine Menge Leute getötet«, erwidert Dante tonlos. »Du musst schon etwas präziser werden.«

Ohne Vorwarnung spuckt sie ihm ins Gesicht, doch er zuckt nicht mal mit der Wimper.

»George Romney. Meinen Vater.« Sie reckt das Kinn, soweit sein Griff es zulässt. »Du hast ihn umgebracht. Und dafür solltest du bezahlen.«

Dante neigt den Kopf, bevor er kaum merklich nickt. »Ich erinnere mich«, sagt er leise. »Kopfschuss. Kurz und schmerzlos. Ein gnädiger Tod.«

Amandas Miene wird zu einer Maske der Wut. »Er war mein *Vater*, du kranker Wichser!«

»Er war *schuldig*«, hält Dante dagegen. »Für das, was er getan hat, verdiente er den Tod, sonst hätte ich ihn nicht ermordet.«

Mein Magen zieht sich bei seinen Worten schmerzhaft zusammen. Ich kenne Dante nicht anders. Trotzdem würde ich sogar so weit gehen, zu sagen, dass ich ihn als Freund und Mensch wertschätze. Aber diese Seite an ihm … Die Abgeklärtheit, die Gewalt, die Morde … Das ist ein Teil von Dante, den ich verabscheue. Einer, der mir manchmal Angst macht und mich daran zweifeln lässt, was ich hier tue. Denn im Gegensatz zu ihm kann ich nicht in Grautönen denken. Für mich gibt es nur Schwarz und Weiß.

Gut und Böse. Und ganz egal, wie gut Dantes beste Seiten sein mögen – er ist zugleich das personifizierte Grauen.

»Du glaubst wirklich, du könntest rumlaufen und Gott spielen und einfach so damit davonkommen, oder?« Amandas Gesicht wird mir mit jeder Sekunde fremder. »Dass du jeden abmurksen kannst, der dir nicht in den Kram passt oder dir genug Geld einbringt. Aber weißt du was?« Sie verengt die Augen und neigt den Kopf etwas nach vorn. »Du hast nicht gemerkt, dass dein ärgster Feind jahrelang mit dir an einem Tisch saß.«

Dante atmet tief ein und aus, während er Amanda fixiert, als wäre sie seine nächste Beute. Das Beben seines Körpers ist dabei nicht zu übersehen, und ich habe das ungute Gefühl, dass ihr Gehirn gleich an der Wand kleben wird.

Winter erhebt sich von der Couch, wobei sie noch immer leicht hustet. Sie will auf Dante zugehen, doch ich halte sie auf, indem ich einen Schritt nach vorn mache und meine Finger um ihren Oberarm lege.

»Nicht«, flüstere ich ihr zu, als sie mich verwirrt ansieht. Irgendetwas sagt mir, dass sie den beiden jetzt nicht zu nah kommen sollte. Dass sie *Dante* nicht zu nah kommen sollte, da er jeden Moment explodieren könnte.

Amanda hat mit dem Brand nicht nur ein Gebäude in Flammen aufgehen lassen. Sie hat damit zerstört, wofür Dante lebt.

»Jahrelang?«, wiederholt er irgendwann kaum hörbar.

Das Grinsen, das Amanda als Antwort auflegt, verursacht mir eine Gänsehaut. »*Jahrelang*. Und deine kleine Winter?« Sie lacht auf, wobei ein Funkeln in ihre Augen tritt. »Sie ist nicht zufällig hier. Ganz im Gegenteil. Sie war von Anfang an ein Teil davon.«

Winter schnappt neben mir nach Luft, woraufhin ich meinen Arm von hinten um sie lege, um sie festzuhalten. Und um ihr Halt zu geben, da ich spüre, dass ihr Körper erschaudert.

Wovon auch immer Amanda da spricht – Winter scheint genauso schockiert zu sein wie Dante und ich.

»Robin«, bringt Dante hörbar um Beherrschung bemüht hervor, wobei er den Blick jedoch nicht von Amanda abwendet. »Bring sie hier raus. Sperr sie in mein Zimmer. Sie soll nicht hier sein.«

»Was?«

»Komm schon«, sage ich leise zu Winter, doch sie wehrt sich und versucht, sich aus meinem Griff zu befreien.

»Nein!« Sie schlägt auf meinen Arm ein, windet sich und zappelt, weswegen ich sie kurzerhand hochhebe. »Lass mich runter, Robin!«

Wut, Unverständnis und Angst liegen in ihren Worten, doch ich stimme Dante in Gedanken zu: Winter sollte jetzt nicht hier sein. Denn ich weiß, dass es gleich hässlich wird.

Er wird Amanda foltern.

Ich spüre es förmlich in der Luft. Dante wird ihr Unaussprechliches antun für das, was sie angerichtet hat, und auch wenn Winter dabei war, als er Victor gefoltert hat, muss sie nicht noch mehr von dem Grauen sehen, das er über einen Menschen bringen kann.

»Verdammt, Robin!« Sie tritt gegen meine Schienbeine, doch ich ignoriere den Schmerz. »Das kannst du nicht machen.«

Wortlos trage ich sie in Dantes Zimmer und schiebe sie

von mir, nachdem ich sie runtergelassen habe. Ich erwarte, dass sie versucht, an mir vorbeizustürmen, doch Winter dreht sich schwer atmend zu mir um und sieht mich fassungslos an, während Tränen in ihren Augen stehen.

»Lass mich zu ihm«, fleht sie und wischt sich über die Wangen. »Ich habe keine Ahnung, wovon sie da redet! Aber Dante … Er wird … Er …«

Ich gehe rückwärts aus dem Raum, wobei es mir beinah das Herz bricht, sie so zu sehen. Ich fühle ihre Sorge und wünschte, ich könnte irgendetwas tun, aber Dante ist gerade nicht er selbst. So oft ich ihn auch wütend erlebt habe – das ist nicht der Dante, den Winter kennt. Nicht einmal sie wird in diesem Zustand an ihn rankommen. Und sie würde es zweifellos versuchen.

»Bitte … Tu das nicht.«

Nach der Türklinke greifend deute ich ein Kopfschütteln an. »Es tut mir leid, Winter.«

Ein Meer aus Tränen, das in ihren Augen steht, ist das Letzte, was ich sehe, bevor ich die Tür schließe und von außen verriegle.

Für einen Moment lege ich meine Stirn gegen das harte Holz. Ich kann Winters Schluchzen hören, das mir direkt in die Brust fährt.

Was auch immer das alles zu bedeuten hat, es wird uns kaputtmachen. Das Gefühl, dass gerade alles den Bach runtergeht, will mich übermannen, und für ein paar Herzschläge lasse ich zu, dass die Angst mich durchströmt. Angst, weil ich nicht weiß, wie das enden wird. Weil ich nicht weiß, was Dante gerade tut und ob er danach noch er selbst ist. Aber ich spüre deutlich, dass es schrecklich wird. Es wird grausam und schmerzhaft – für uns alle –, und ich wage es nicht, darauf zu hoffen, dass es danach besser wird.

Bevor die Angst zu blanker Panik werden kann, wende ich mich ab und gehe zurück ins Wohnzimmer, aber es ist leer. Ich muss nicht überlegen, um zu wissen, wo Dante und Amanda sind, weswegen ich geradewegs nach unten in den Keller gehe.

Als ich den Raum betrete, den ich mehr fürchte als alles andere, bin ich beinah erstaunt, Amanda noch lebend zu sehen. Doch als ich registriere, worüber sie spricht, wird mir klar, dass Dante erst alles aus ihr rausquetschen wird, bevor er sie tötet. Und das, was sie sagt, lässt mir das Blut in den Adern gefrieren.

Dantes Zorn nimmt den ganzen Raum ein, als Amanda endlich verstummt. Ich kann förmlich sehen, wie es in ihm brodelt, und ein Teil von mir empfindet die gleiche Wut.

Amandas Worte waren so unfassbar, dass ich sie nicht glauben *will*. Dennoch weiß ich mit absoluter Gewissheit, dass alles wahr ist. Ich erkenne es an dem Wahnsinn, der in ihren Augen steht. Doch das ist es nicht, was mich beunruhigt.

Es ist der Wahnsinn, der in *Dantes* Augen lodert.

Ich wusste, dass er zu einem Monster wird, wenn er wütend ist. Aber ich habe nie geglaubt, dass ein Mensch einen solchen Hass empfinden kann wie Dante in diesem Moment. Zugleich erkenne ich aber noch eine weitere Emotion in seinem Blick: Schmerz.

Amanda hat sein Vertrauen missbraucht und damit etwas in ihm zerbersten lassen, von dem ich nicht dachte, dass es bei seiner Zerstörung einen solchen Schaden anrichten würde. Doch vor mir steht ein Mann, der jeden Augenblick brechen wird.

»Du bist tot«, sagt er nach Minuten des Schweigens. Seine Stimme klingt dabei so kalt, erbarmungslos und fremd, dass ich beinah einen Schritt zurückgewichen wäre.

Amanda schüttelt den Kopf und verzieht das Gesicht zu einer diabolischen Grimasse. Selbst in ihrer Position – an den senkrecht stehenden Tisch gefesselt – fühlt sie sich noch überlegen. »Du wirst mich nicht umbringen.« Das Lachen, das darauf folgt, ist widerwärtig.

Dante geht zu dem Rollwagen mit den Instrumenten, die er über die Jahre angesammelt hat, um seine Opfer zu quälen. »Was lässt dich das glauben?«, fragt er und streicht mit den Fingerspitzen über seine Werkzeuge, wobei er über seine Schulter hinweg zu ihr sieht. »Wieso sollte ich dich nicht auf die abartigste Weise töten, die mir einfällt?«

Das grässlichste Grinsen, das ich jemals gesehen habe, erscheint auf ihrem Gesicht, als sie den Kopf neigt. »Weil ich *sein* Kind in mir trage.« Dabei deutet sie ein Nicken in meine Richtung an und lässt damit alles in mir zu Eis erstarren.

DREI
DANTE

Das nimmt kein gutes Ende.

Als hätte ich es damals schon geahnt. Als hätte ich gewusst, dass alles, was mit Winter zu tun hat, schrecklich falsch ist und niemals – *niemals* – gut sein kann.

Was habe ich auch erwartet? Dachte ich wirklich, dass es echt sein könnte? Dass Winter und alles, was zwischen uns war, echt ist?

Ich war ein Narr.

Nichts von dem war real. Weil es Winter nie gab. Sie war eine Lüge.

Mir widerfährt nichts Gutes. Nie. Und ich hätte von Anfang an wissen müssen, dass Winter zu gut ist, um wahr zu sein. Ich hätte wissen müssen, dass sie nur Schlechtes über mich bringt. Schmerz. Zerstörung. Und Tod.

Sie war von Anfang an ein Teil davon.

November hat meine Sinne getrübt. Mit ihren gottverdammten Wolkenaugen und der hellen, weichen Haut. Mit ihrer herzzerreißenden Geschichte und den Tränen. Mit ihrem Körper und ihrer fucking Stimme hat sie mich verflucht, so dass ich nicht gemerkt habe, dass alles falsch war.

Amandas Geschichte mag es anders aussehen lassen, aber ich durchschaue auch diese letzte Lüge. Sie hat mich lange genug an der Nase herumgeführt, als dass ich glauben könnte, November sei bei all dem nur eine Schachfigur gewesen. Und selbst, wenn ihr Plan schlampig und daher erfolglos war, werde ich die beiden zerstören.

»Dante.«

Robins Stimme schafft es kaum bis in meine Gedanken, weil alles in mir vor abgrundtiefem Hass kocht. Da ist nur Wut. Wut und Zorn und das Verlangen nach Blut. Ich will ihrer beider Blut vergießen, bis kein einziger Tropfen mehr in ihren Körpern ist.

Amanda und November werden tot sein, bevor die Sonne untergeht. Und ich werde es genießen. Ich werde es *so sehr* genießen …

»Fass sie nicht an«, sagt Robin tonlos und wagt es tatsächlich, ein paar Schritte in meine Richtung zu machen.

Langsam drehe ich den Kopf und fixiere ihn mit meinem Blick. »Halt dich da raus.«

Robin strafft die Schultern und stellt sich zwischen Amanda und mich. Da ist eine Entschlossenheit in seinen Augen, die ich so noch nie bei ihm gesehen habe. Zugleich schwimmt etwas in seinen Iriden, das mich innehalten lässt.

»Wenn es stimmt, was sie sagt …« Er sieht kurz zu Amanda, die noch immer wie die Wahnsinnige grinst, als die sie sich entpuppt hat. »Wirst du sie nicht anrühren.«

Ich sehe zwischen den beiden hin und her, bevor ich Robin lange mustere. Für einen Moment befürchte ich, dass auch er etwas damit zu tun hat, doch ich kenne den Blick, mit dem er mich ansieht. Er ist mir so vertraut, als würde ich in den Spiegel schauen. Weil es *mein* Blick ist, der auf mir ruht.

»Dante …« Er schluckt schwer, und für einen Sekundenbruchteil stehen Fassungslosigkeit, Angst und so etwas wie Liebe in seinen Augen. »Es könnte … Wenn es mein Kind ist …«

Fuck.

Ich kann das nicht tun. Wenn ich Amanda jetzt töte, wird Robin mir das nie verzeihen. Falls sie tatsächlich von ihm schwanger ist, würde ich sein Kind ebenfalls umbringen. Dafür würde er mich bis an mein Lebensende hassen, und obwohl niemand außer mir das jemals erfahren wird, ist er der einzige Mensch, bei dem ich das nicht ertrage.

Bis vor wenigen Minuten hätte ich November ebenfalls dazugezählt, doch sie ist für mich gestorben.

Ist sie nicht, flüstert eine leise Stimme in meinem Kopf, doch ich bringe sie zum Schweigen, weil sie mich genauso täuschen will wie Amanda und November es getan haben.

»Das ist wirklich süß«, spottet Amanda, woraufhin ich mich ruckartig umdrehe und nach dem Chloroform greife, weil es das Erste ist, das ich in die Finger bekomme.

Ich kippe es auf einen Lappen und stürme an Robin vorbei, um den getränkten Stoff gegen Amandas Mund und Nase zu pressen. Ihre Augen weiten sich, doch ich halte ihren Kopf fest und gebe ihr keine Chance, sich mir zu entziehen. Ich brauche Zeit und ertrage kein weiteres Wort aus ihrem Mund.

Nur wenige Sekunden später flattern ihre Lider, bevor sie sich endlich schließen und Amanda in den Fesseln, die sie an den Tisch ketten, erschlafft.

»Du hörst mir jetzt gut zu«, sage ich mit eiskalter Stimme zu Robin, während ich weiterhin in das Gesicht dieser Frau blicke, die mich daran erinnert, wozu Menschen fähig sind. Ich lasse die Mordlust noch für einen Moment durch mich rauschen, bevor ich mich abwende und Robin ansehe, um ihm klarzumachen, was als Nächstes geschehen wird.

VIER
WINTER

Es fühlt sich wie ein Déjà-vu an, in Dantes Zimmer eingeschlossen zu sein. Nur dass dieses Mal nicht meine Rettung der Grund dafür ist, dass ich hier bin.

Damals wusste ich mit beinah beängstigender und dennoch unumstößlicher Sicherheit, dass Dante mir nichts tun wird. Aber diese Gewissheit habe ich nun nicht mehr. Denn was auch immer Amandas Beweggründe waren – im Angesicht dessen, dass sie ein Feuer im Stall gelegt hat, wird Dante zu Dingen fähig sein, die sich keiner von uns auch nur vorstellen kann.

Ich ertrage es nicht mal, daran zu denken, dass in dem Gebäude, das inzwischen vermutlich bis auf die Grundmauern niedergebrannt ist, Kadaver liegen. Aber Dante war dort. Er musste womöglich sogar mit ansehen, wie eines der Tiere qualvoll starb, und ich will mir nicht ausmalen, was das mit seiner Seele macht.

Es ist mir egal, dass er Robin befohlen hat, mich

einzusperren. Es ist mir sogar egal, dass ein Teil von mir entgegen allem, was ich dachte und fühle, nun echte, alles verschlingende Angst verspürt, wenn ich an Dante denke. Denn mein Herz – mein tiefstes Inneres – zerbricht gerade für ihn. Es leidet Höllenqualen, weil ich nicht versuchen kann, ihm zu helfen. Weil ich ihm keinen Halt geben oder Trost spenden kann. Weil ich nicht für ihn da sein kann, wenn er am dringendsten jemanden braucht.

Ich dachte, dass ich seinen schlimmsten Albtraum in seinen Augen gesehen habe, als er mir das Betäubungs-mittel verabreichte, um mich ans andere Ende der Welt zu bringen. Doch das, was ich in dem dunklen Braun erblickt habe, als ihm klar wurde, was Amanda getan hat, war um ein Vielfaches grausamer. Es hat ihn zerrissen. Es hat sein Herz zu Eis erstarren lassen und ihm jeden Funken Menschlichkeit genommen.

Der Mann, der mein Leben gerettet hat, ist in der Sekunde verschwunden, in der ihm klar wurde, dass Amanda ihn hintergangen hat. Und ich weiß nicht, ob ich ihn jemals wiedersehe.

Es müssen Stunden vergangen sein – zumindest fühlt es sich so an. Als ich höre, dass die Tür von außen aufge-schlossen wird, schießt mein Puls in ungeahnte Höhen. Ich springe vom Bett, um ein paar Schritte nach vorn zu machen, obwohl ich vermutlich eher zurückweichen sollte. Doch es ist Robin, der in das Zimmer tritt und die Tür hinter sich schließt, um sich mit dem Rücken daran anzulehnen.

Seine Augen sind geschlossen, als er den Kopf an das Holz legt und hörbar ausatmet.

Ich bleibe, wo ich bin, wobei ich es nicht wage, die unzähligen Fragen zu stellen, die mir auf der Zunge liegen. Da steht zu viel Fassungslosigkeit in seinem Gesicht. Zu viel Schmerz, zu viel Sorge und zu viel Angst.

Nach endlosen Minuten öffnet Robin die Augen, sieht jedoch starr an die Decke. »Sie ist schwanger«, sagt er kaum hörbar und lässt mein Herz damit einen Schlag aussetzen.

»Was?«

Endlich findet sein Blick meinen. »Amanda. Sie sagt, sie sei schwanger. Von mir.«

Das sollte eine freudige Nachricht sein. Etwas, das ihn stolz macht und Glücksgefühle auslöst. Doch nichts davon kann ich in seinem Gesicht erkennen. Da ist nur pures Grauen.

»Dante wird sie töten, wenn ich nicht tue, was er verlangt.«

Die Worte sind nur ein Flüstern, als hätte er Angst vor ihnen, und ich spüre dieselbe Furcht augenblicklich auch in mir aufkeimen.

»Das kann er nicht machen«, entkommt es mir, und ich wage nun doch ein paar Schritte nach vorn. »Robin, er –«

Ich kann es nicht. Ich kann ihm nicht sagen, was ich zufällig auf dem Computer gefunden habe, als ich all die Dateien gelöscht habe, um Dante zu retten. Es steht mir nicht zu, diese Wahrheit zu offenbaren, auch wenn es grauenvoll ist und mich wütend macht, dass er Robin erpresst. Dennoch bin ich mir sicher, dass er Amanda nichts tun wird.

Zumindest *hoffe* ich es.

Robin stößt sich von der Tür ab und kommt auf mich zu, wobei er sichtlich versucht, seine Emotionen zu verbergen. »Ich soll dich runter bringen.«

»Wieso?«, will ich wissen. »Wohin *runter*?«

Es ist eine dumme Frage, da ich die Antwort bereits kenne. Und Robin weiß es, weshalb er nichts erwidert.

»Winter … Ich weiß nicht, was er vorhat«, gesteht er, wobei seine Stimme zittert. »Ich kann versuchen, dich rauszubringen, aber –«

»Nein.«

Er hält inne und sieht mich beinah flehend an. »Er ist draußen. Am Stall. Ich könnte –«

Energisch schüttle ich den Kopf. »Nein, Robin.« Einen Schritt zurücktretend schlinge ich die Arme um meinen Oberkörper. »Ich werde nicht gehen. Wenn ich jetzt gehe, verliere ich ihn.«

Sein Gesicht verzieht sich beinah schmerzhaft. »Wenn du bleibst, könnte er dich umbringen. Er steht völlig neben sich und glaubt, dass du mit Amanda unter einer Decke steckst. Ich …« Er senkt den Kopf und schließt kurz die Augen, bevor er mich wieder ansieht. »Ich weiß nicht, wozu er gerade fähig ist, Winter.«

Es ist dumm, hierbleiben zu wollen. Dumm und naiv und leichtsinnig. Und vielleicht ist es mein Todesurteil. Aber ich *kann* nicht gehen. Was auch immer geschehen ist – was auch immer Dante glaubt: Ich darf ihn nicht aufgeben. Mein Herz erlaubt es mir nicht. Meine Seele erlaubt es nicht, weil sie in ihm alles gefunden hat, was mich am Leben hält.

Mein Daumen will über den Ring streichen, der an

meinem Finger steckte. Obwohl er nicht mehr da ist, erinnert mich die Geste an das, was ich Dante in Gedanken geschworen habe. Sie erinnert mich an das Gelübde, das ich zwar nie ausgesprochen, aber mit jeder Faser meines Seins gefühlt habe, ganz gleich, ob diese Hochzeit echt war oder nicht.

»Er ist mein Ehemann«, erinnere ich ihn und löse meine Arme, um meine Schultern zu straffen.

»Er könnte zu deinem Mörder werden.«

»Dann soll es so sein.« Ich trete an Robin heran. Kurz zögere ich, doch dann greife ich nach seiner Hand und umschließe sie mit meiner. »Ich habe keine Angst vor ihm«, erkläre ich, obwohl es eine Lüge ist. »Und das solltest du auch nicht.«

Robin blickt auf unsere Hände, bevor er mir wieder in die Augen sieht. Der Unglaube darin macht deutlich, wie verrückt es ist, dass ich nicht davonlaufe. Er kann nicht verstehen, warum ich bleiben will, zumal er mehr zu wissen scheint als ich.

»Bring mich runter«, bitte ich ihn, auch wenn sich alles in mir vor Angst zusammenzieht. »Und dann erklärst du mir, was passiert ist.«

»Das ist Wahnsinn, Winter«, bringt er beinah lautlos hervor, woraufhin sich mein Herz ebenso verkrampft wie mein Magen.

Als ich nichts erwidere, dreht er sich um und geht mir voran in den Keller, wobei er den Griff um meine Hand nicht lockert. Unten angekommen führt er mich zu einem Raum, den ich bisher nie betreten habe. Ich dachte, er sei leer, und als Robin die Tür öffnet und den Lichtschalter umlegt, bestätigt sich meine Vermutung.

Zumindest beinah.

An der hinteren Wand, die aus nacktem Beton besteht, ist eine massive Kette befestigt. Das Metall der Glieder ist fast so dick wie mein kleiner Finger. Am letzten ist eine Handschelle befestigt.

Ich schlucke schwer, lasse den Kopf aber hoch erhoben und folge Robin.

»Wusstest du, dass dein Vater eine Geliebte hatte?«, will er wissen und bückt sich dabei, um die schwere, grob geschmiedete Eisenschelle aufzuheben, die mich auf beängstigende Weise an das Mittelalter erinnert. Ein Teil meines Seins fragt sich, ob Dante sie bewusst gewählt hat. Ein weiterer Teil antwortet augenblicklich mit einem Ja.

»Nein«, murmle ich, als Robin sich zu mir umdreht und meine Hand loslässt.

»Es war Amanda.« Mit Fingern, die das Zittern nicht verbergen können, schiebt er behutsam den Ärmel meines Oberteils hoch. »Sie war …« Er runzelt die Stirn und legt den Kopf leicht schief. »Praktikantin bei einem Arzt … Ich habe es nicht ganz verstanden. Aber sie meinte, sie hätte deinen Vater dort vor sechs Jahren kennengelernt.«

Mein Kopf hebt sich beinah ruckartig. »Vor sechs Jahren?«

Robin nickt. »Ja. Es war ein Gynäkologe.«

Die Hysterektomie.

»Seitdem haben sich die beiden wohl regelmäßig getroffen.« Er legt das kalte Metall um mein Handgelenk. »Kurz darauf hat Dante ihren Vater ermordet.«

Die Handschelle schließt sich mit einem hörbaren Klicken, bevor Robin den Schlüssel herauszieht und zu mir aufsieht. »Sie hat es irgendwie geschafft, herauszufinden, wer er ist. Und dann hat sie angefangen, ihre Rache zu planen.«

Ich schüttle verwirrt den Kopf. »Aber welche Rolle spiele ich dabei?«, frage ich. »Ich wusste nichts von ihr. Ich habe sie noch nie zuvor gesehen, Robin.«

Er nickt und streicht dabei kaum merklich mit dem Daumen über meinen Unterarm, den er noch immer mit der Hand umschließt. »Ich weiß. Egal, was Dante denkt – ich glaube dir.«

»Sie hat das alles also seit Jahren geplant?«

Robin nickt erneut und lässt meinen Arm los. Die schwere Handschelle zieht mein Handgelenk nach unten, doch ich erlaube mir nicht, dem mehr Beachtung zu schenken.

»Ich muss jetzt gehen«, erklärt er und tritt einen Schritt zurück. »Wenn ich länger bleibe, wird er …«

»Okay«, erwidere ich nur, weil ich zu verstehen glaube, wovor er mich bewahren will. Wovor er *uns beide* bewahren will.

Was auch immer gerade in Dante vorgeht, macht ihn unberechenbar.

»Ich komme wieder«, verspricht Robin. »So oft es geht. Und ich werde alles dafür –«

»Geh«, unterbreche ich ihn und deute ein Kopfschütteln an. »Ich schaffe das schon.«

Wir sehen uns lange an, bevor er einmal nickt und sich abwendet. Als er die Tür erreicht, hält er inne, dreht sich aber nicht zu mir um. »Er hat dich geliebt, Winter. Nur deswegen ist es so …«

Meine Kehle will sich zuschnüren, doch ich erlaube es

nicht. Stattdessen schlucke ich einmal, wobei ich nicke, obwohl er es nicht sehen kann.

»Ich weiß«, versichere ich ihm leise, bevor er den Raum verlässt, die Tür hinter sich schließt und mich mit meinen Gedanken, weiteren Fragen und der Angst vor dem, was Dante vorhat, zurücklässt.

FÜNF
DANTE

Alles liegt in Schutt und Asche. *Alles.*

Der Stall ist nicht mehr. Meine Freundschaft zu Amanda ist nicht mehr. Was Winter und ich hatten ist nicht mehr. Mein Vertrauen ist nicht mehr.

Es ist alles zerstört. Vernichtet. Unwiederbringlich weg.

Die Rauchschwaden der letzten Glutnester ziehen über die Koppeln, während die Sonne untergeht. Die Tiere, die sich retten konnten, sind noch immer unruhig, weil der Gestank von Feuer und Verderben die Luft erfüllt. Dennoch haben Robin und ich kleine Bereiche abgeteilt und sie so voneinander separiert, weil sie sich gegenseitig nur noch unruhiger machen, wenn sie alle zusammenstehen.

Erst jetzt wage ich es, in die verkohlte Ruine des Stalls zu gehen. Ich habe mir nicht erlaubt, zu sehr darauf zu achten, welche Tiere nicht draußen herumlaufen. Lediglich bei Blankets Anblick gestattete ich mir für eine Sekunde, etwas zu fühlen. Ihr schwarzes Fell scheint unversehrt, doch ich befürchte, dass das Weiß in ihren Augen noch eine lange Zeit vorherrschend sein wird. So wie bei vielen der Tiere.

Da ich es jedoch nicht länger hinauszögern kann, trete ich über die abgebrannte Schwelle einer der Pferdeboxen, wobei ich die letzten Funken meiner Emotionen erlöschen lasse. Mein Magen zieht sich auf unangenehme Weise zusammen, als der stechende Geruch meine Lunge füllt.

Zum ersten Mal in meinem Leben wünsche ich mir, ich könnte Schmerzen empfinden, weil das hier meine Schuld ist.

Die sterblichen Überreste dreier Hühner, die in einer Ecke liegen, gehen auf mein Konto. Ihre Federn sind versengt, die Haut darunter zum Teil einfach geschmolzen wie das Wachs einer Kerze.

Das Kalb, das wir vor wenigen Wochen gerettet haben und hier ein glückliches Leben ohne Schmerz und Leid haben sollte, ist in blinder Panik in einen abgebrochenen, heruntergestürzten Balken gerannt. Sein aufgespießtes Herz und die verbrannten Gliedmaßen sind meine Schuld.

Der große Ziegenbock, der sich nach Jahren voller Angst endlich am Kopf streicheln ließ, ist nur noch an seinen unterschiedlich geformten Hörnern zu erkennen. Sein Kampf gegen die Flammen, den er letztendlich verloren hat, ist allein meine Schuld.

Wenn ich aufmerksamer gewesen wäre – wenn ich Amanda und November besser durchleuchtet hätte –, hätten sie mich nicht täuschen können. Wenn ich nicht so ein gottverdammtes Weichei wäre, hätten die beiden mich nicht mit ihren Lügen um den Finger gewickelt. Wenn ich nicht so blind darauf vertraut hätte, dass sie gute, reine Seelen sind, wäre nichts von all dem geschehen und keines meiner Tiere hätte leiden müssen. Und das ist einzig und allein *meine verdammte Schuld.*

Nachdem ich jeden Winkel des Stalls durchschritten habe, bleibe ich inmitten der Trümmer stehen. Unzählige Emotionen wollen sich an die Oberfläche kämpfen und mich übermannen, aber ich lasse es nicht zu. Emotionen sind das, was mich dazu gebracht hat, den beiden Frauen zu vertrauen. Ich hätte alles für sie getan. Ich *habe* alles für sie getan, und das ist es, was ich nun ernte.

Leid. Schmerz. Schuld.

Amanda hat all die Jahre geplant, sich an mir zu rächen. Sie hat sich Zeit gelassen, um alles über mich zu erfahren und somit meine wunden Punkte zu finden. Es ging nicht einfach nur darum, mich zu töten. Es war nie *Auge um Auge, Zahn um Zahn.* Es war blanker, alles verschlingender Hass, der sie angetrieben hat. Das und der Wunsch, dass ich mindestens genauso leide wie sie. Darum hat sie gewartet. Sie musste erst alles über mich wissen, um mich dort treffen zu können, wo es am meisten wehtun würde.

Dass ihr Schlag gegen die Tiere gehen würde, war schnell klar, doch das reichte ihr nicht. Sie kannte meine zweite Schwäche: die Unschuldigen. Und in November hatte sie die vermeintliche Unschuld in Person gefunden.

Nachdem sie zu Samuels Hure wurde, erfuhr sie von seinem Wunsch, Senator zu werden, und es war schnell klar, dass November ein Teil von Amandas perfidem Plan sein sollte. Sie schaffte es, Samuel davon zu überzeugen, den Mord seiner Tochter in Auftrag zu geben, um seine

Chancen bei den Wahlen ins Unermessliche steigen zu lassen. Dabei wusste sie, dass ich November nicht würde töten können. Dass ich zu weich bin, um diese scheinbar reine Seele zu vernichten, weswegen November nie wirklich in Gefahr gewesen wäre. Dass Amanda ihren Tod billigend in Kauf nahm, weil sie mir damit den finalen Stoß verpassen wollte, blieb dabei wohl ihr Geheimnis.

Und November ... Die hat ihre Rolle wirklich perfekt gespielt. Sie sollte einen Oscar für diese Leistung bekommen, denn ich habe nicht eine Sekunde daran gezweifelt, dass sie die war, die sie zu sein vorgab. Zwar lassen Amandas Erklärungen es so aussehen, als wäre sie nur ein Bauer in dem Spiel, das sie gegen mich gewinnen wollte, doch ich weiß, dass es nicht so ist.

November war ein aktiver Teil davon. Denn diese Geschichte von dem Mädchen, das beinah sein gesamtes Leben missbraucht wurde? Sie war grandios und genau das, was es brauchte, um November zu etwas zu machen, das ich retten wollte. Und ich war naiv genug, zu glauben, dass sie nach all dem ausgerechnet auf diese brutale Art Sex mit mir haben wollte.

Ich hätte es wissen müssen. Hätte wissen müssen, dass niemand, der jahrelang vergewaltigt wurde, so etwas wirklich wollen kann, und dass es absoluter Wahnsinn und somit unmöglich ist, dass eine junge Frau, die von einer ihrer Schutzpersonen geschändet wurde, es genießt, wenn man ihr Schmerzen zufügt. Aber November hat mich mit ihren Lügen und den Tränen getäuscht. Sie hat mich glauben lassen, dass alles echt ist, und mich so dazu gebracht, ihr die Welt zu Füßen legen zu wollen.

Fuck ... Ich war so blind. So kopflos. So unglaublich

dumm. Ich habe mich von ihr verhexen lassen und jedes ihrer falschen Worte geglaubt. Weil ich so gottverdammt besessen war von meinem Wunsch, ihre gebrochene Seele zu retten, dass ich nicht gemerkt habe, wie absurd das alles ist.

Eine Neunzehnjährige, die seit Kindestagen sexuell missbraucht wurde, soll sich in einen einunddreißigjährigen Auftragskiller verlieben, der gern mit Messern spielt? Ich muss den Verstand verloren haben, sonst hätte ich viel eher gemerkt, wie absolut verrückt und undenkbar das ist. Doch wenn sie bei dem Brand ums Leben gekommen wäre, hätte das genau den Effekt gehabt, den Amanda erzielen wollte: Ich wäre daran zerbrochen.

Der Tod der Tiere hat mein Herz schon fast zerbersten lassen. Aber wenn November ebenfalls in den Flammen umgekommen wäre ... Wenn *Winter* gestorben wäre ...

Es hätte mich zerstört. Weil ich sie geliebt habe. Mit jeder Faser meines Körpers. Mit allem, was mein Sein definiert, habe ich Winter geliebt, auch wenn ich es ihr nie auf diese Art gesagt habe.

Doch jetzt muss ich feststellen, dass meine Gefühle nicht erwidert wurden, weil es nie eine Winter gegeben hat. Darum ist die einzige logische Konsequenz, dass ich alles, was mit ihr in Verbindung steht, vernichte. Einschließlich November.

Ich werde sie brennen lassen. Sie und Amanda. Beide werden brennen, wie der Stall gebrannt hat. Wie mein Herz für sie gebrannt hat, bevor es erstarrt ist und ich zu einem wandelnden Toten wurde, der nur noch einen Wunsch hat: Leid, Schmerz und Tod über sie zu bringen.

SECHS
WINTER

Minuten werden zu Stunden. Stunden zu Tagen. Und Tage zu einer Woche.

Zumindest glaube ich, dass so viel Zeit vergangen ist. Sicher weiß ich es nicht, und ich wage es auch nicht, Robin zu fragen, weil die Gewissheit nichts ändern würde.

Er ist der Einzige, mit dem ich gesprochen habe, seit ich in diesem Keller bin. Mehrmals täglich kommt er zu mir, um mir Essen und Wasser zu bringen und mich in das Bad zu lassen, das an den Poolraum angrenzt.

Dante habe ich seit diesem grauenvollen Morgen nicht mehr gesehen. Alles in mir vermisst ihn auf schmerzhafte Weise, aber zugleich wächst die Angst vor dem, was mich erwartet, wenn er endlich zu mir kommen wird, ins Unermessliche. Denn selbst Robin weiß nicht, was Dante vorhat. Doch jedes Mal, wenn ich ihn danach frage, weicht er meinem Blick aus, wobei Unbehagen und Sorge in seine Augen treten.

Auch der Schmerz wegen der Tiere, die in dem Feuer umgekommen sind, lässt mich nicht los. Ihre Seelen sollten hier Frieden finden, aber Amanda hat sie ins Verderben geschickt, als sie den Brand gelegt hat.

Robin erzählte mir nach und nach, was sie getan hat. Dass sie ihr Medizinstudium nutze, um Veterinärin zu werden, damit sie Dante so nah sein konnte wie möglich. Sie ist immer wieder zu den Viehmärkten gegangen, damit Dante sie bemerkt und letztendlich anheuert. Jahrelang hat sie alles dafür getan, um sein Vertrauen zu gewinnen, nur um es dann auf diese barbarische Weise zu zerstören und ihm zu nehmen, was ihm am wichtigsten ist. Jeder ihrer Schritte war durchdacht und bis ins kleinste Detail geplant, und Robin und ich sind uns sicher, dass sie noch weitere Pläne gehabt hätte, falls dieser nicht funktioniert hätte.

Amanda war so getrieben von ihrem Hass und dem Wunsch nach Rache, dass sie mich – eine unschuldige und völlig unbeteiligte Person – als Werkzeug einsetzte und meinen Tod in Kauf nahm. Sie wollte Dante auf jede nur erdenkliche Weise verletzen, und indem sie mich vor seine Nase setzte und darauf hoffte, dass wir beide uns anziehen würden wie zwei Magnete, hat sie genau das geschafft. Sie kennt Dante so gut, dass sie *wusste*, er würde etwas in mir sehen. Und sie wusste auch, dass es sein Untergang gewesen wäre, wenn ich nicht überlebt hätte.

Ihre Taten schockieren mich noch immer. Es ist mir unvorstellbar, wie ein Mensch dazu fähig sein kann, etwas so abgrundtief Böses zu tun. Dabei ist es weniger die Wut darüber, dass sie mich zu einer Spielfigur gemacht hat, sondern viel mehr die Erschütterung über den Schmerz, den sie Dante zugefügt hat. Mit dem Legen des Feuers und der Offenbarung ihres wahren Gesichts hat sie sein Vertrauen so sehr missbraucht, dass ich nicht weiß, ob er es jemals überwinden wird.

Und auch Robin muss sich schrecklich fühlen. Ich weiß nicht, wie ernst es zwischen den beiden war, aber er wurde von Amanda ebenso belogen und hinters Licht geführt. Er muss sich schrecklich fühlen und macht sich womöglich auch noch Vorwürfe, muss sich zugleich aber der Tatsache stellen, dass sie ein Kind von ihm bekommen könnte.

»Sie hat die Spritze ausgetauscht«, erklärt er leise, während ich von dem veganen Gulasch esse, das er mir gebracht hat. »Darum konntest du dich erinnern.«

Ich sehe auf und blicke in seine warmen, braunen Augen, die beinah leer auf den Boden starren.

»Dante dachte, ich hätte es verbockt. Verdammt … Ich habe selbst geglaubt, mich bei der Berechnung vertan zu haben, weil das Mittel bei dir nicht gewirkt hat.«

Die Hand, mit der ich den Löffel halte, sinkt nach unten, bis das leise Klirren des Bestecks am Teller zu hören ist. »Sie hat uns alle getäuscht«, sage ich mit sanfter Stimme. »Es ist nicht deine Schuld.«

Er sieht auf und erwidert meinen Blick. »Ach nein? Wenn ich besser aufgepasst hätte, hätte sie die Spritzen nicht austauschen können«, hält er dagegen. »Du hättest die richtige Dosis bekommen und dich an nichts erinnert. Anstatt zurück in Dantes Arme zu rennen, wärst du jetzt am anderen Ende der Welt und würdest einfach von vorn anfangen. Stattdessen bist du *hier*.« Er macht eine Bewegung mit der Hand und sieht sich dabei in dem Raum um, der mein Verlies ist. »Du bist angekettet, hast nicht einmal eine Decke und wirst irgendwann von Dante –«

»Hör auf«, unterbreche ich ihn, bevor er es erneut aussprechen kann. »Sag … Sag es nicht schon wieder, Robin. Bitte.«

Er beugt sich auf dem Stuhl, den er mitgebracht hat, nach vorn und legt seine Ellenbogen auf den Knien ab. »Es wird passieren, Winter. Und ich hasse dich dafür, dass du es mich nicht verhindern lässt.«

Ich schüttle den Kopf und lasse den Teller sinken, weil mir der Appetit vergangen ist. »Du hasst mich nicht«, flüstere ich, wobei meine Stimme brechen will.

Robin sieht mir noch einige Sekunden wortlos in die Augen, bevor er den Blickkontakt unterbricht und den Kopf hängen lässt. »Scheiße … Nein. Du hast recht. Ich hasse dich nicht. Ich wünschte nur –«

»Dass ich es nicht riskieren würde«, beende ich seinen Satz. »Ich weiß. Aber *du* weißt, dass ich das nicht kann. Wenn ich jetzt davonlaufe, wird Dante endgültig zerspringen.«

Er nickt, wenn auch halbherzig. Robins Beschützerinstinkt ist stark, und obwohl er nicht an den von Dante rankommt, macht es ihn fertig, dass ich ihm nicht erlaube, mich vor dem zu bewahren, was sein Freund tun wird.

Wie gern würde ich meine Hand ausstrecken und sie auf seine legen oder ihn in den Arm nehmen. Doch Dante hat ihm klare Anweisungen gegeben und Robin regelrecht erpresst. Kein Körperkontakt. Nur drei Mahlzeiten. Keine Annehmlichkeiten. Kein Lösen der Handschelle, keine Decke, kein Tageslicht, keine Wärme. Falls Robin sich nicht daran hält, wird Amanda sterben. Und mit ihr das Kind, das in ihrem Bauch heranwächst.

Denn es stimmt. Amanda ist wirklich schwanger. Dante

hat nicht nur einen Test gemacht, er hat sie auch mit dem mobilen Ultraschallgerät untersucht, das er vor Jahren besorgt hat, weil es so einfacher war, eine eventuelle Trächtigkeit bei den Tieren festzustellen. Robin meinte, es sei selbst für die beiden eindeutig erkennbar, dass Amanda nicht gelogen hat. Sie können zwar nicht genau sagen, in welcher Schwangerschaftswoche sie sich befindet, doch Dante machte schnell deutlich, dass der Tag der Entbindung Amandas Todestag sein wird. Bis dahin wird er sie wie einen lebendigen Brutkasten gefangen halten.

Als Robin mir davon erzählte, drohte etwas in mir, zu zerbrechen. Dante mag unzählige Menschen gefoltert und noch mehr eiskalt ermordet haben, aber damit überschreitet er eine Grenze, die mir zeigt, dass er nicht mehr er selbst ist. Und dass ich vermutlich viel mehr Angst vor ihm haben sollte. Denn Amanda hat er beinah wie eine Schwester geliebt. Aber ich war mehr für ihn. Ich war *alles* für ihn, doch nun scheint Dante zu glauben, dass auch ich ihn hintergangen habe. Dass er bisher noch nicht mal in die Nähe meines Verlieses gekommen ist, ist nur ein weiteres Indiz für seinen abgrundtiefen Hass.

Wie unermesslich dieser Hass ist, wird vier Tage später deutlich, als die Tür aufgeschlossen wird. Ich kenne Robins Bewegungen und seine Art, den Schlüssel im Schloss zu drehen, inzwischen so gut, dass ich sofort weiß, dass es nicht er ist, der jeden Augenblick reinkommt.

Alles in mir zieht sich auf schmerzhafte Weise zusammen, als Dante die Tür öffnet und eintritt. Sein Gesicht ist eine Maske aus Abscheu, Misstrauen und purer Verachtung. Doch beinah noch härter trifft mich das große Pflaster, das an der Seite seines Halses klebt. Genau dort, wo ich das W in seine Haut geritzt habe. Denn etwas sagt mir, dass es nicht mehr der feine Schnitt ist, der sich darunter verbirgt.

Während er den Stuhl, den Robin immer wieder mit raus nehmen muss, in die Mitte des Raums stellt, meidet er meinen Blick, was beinah noch schlimmer ist als sein Schweigen. Dennoch versuche ich, irgendetwas zu finden, das mir zeigt, dass er noch da ist. Dass ein Teil von ihm mich noch liebt, selbst wenn er es nie so ausdrücken würde.

Doch da ist nichts.

Ich wage es nicht, etwas zu sagen. Stattdessen sitze ich mit angezogenen Beinen auf dem harten Boden und beobachte, wie Dante sich auf den Stuhl stellt. Er greift nach der langen Kette, die über seiner Schulter hängt, und legt das Ende über eine Umlenkrolle, die an der Decke angebracht ist. Ich habe sie erst am zweiten Tag bemerkt, mir jedoch nicht erlaubt, darüber nachzudenken, wozu sie da ist. Aber im Grunde wusste ich es von Anfang an. Ich hatte nur zu viel Angst, die Vorstellung von dem, was Dante jetzt zweifellos vorhat, in meinem Kopf zuzulassen.

Das Rasseln der Kettenglieder klingt schrecklich laut in meinen Ohren, als Dante sie über die kleine Rolle zieht. Anschließend steigt er von dem Stuhl, geht an die Wand zu meiner Rechten und befestigt eines der letzten Glieder an einem Haken, der im Beton eingelassen wurde. Erst jetzt nehme ich wahr, dass er einen seiner Maßanzüge trägt.

Jeder andere würde es absurd und verwunderlich finden, doch für mich ist es ein klares Zeichen dafür, dass er Grauenvolles vorhat.

Anfangs dachte ich, es wäre lediglich eine Gewohnheit, dass Dante so häufig Anzüge trägt. Ein Tick von ihm. Oder ein Täuschungsmanöver. Doch in den letzten Wochen habe ich erkannt, dass es nichts davon ist.

Die Anzüge sind seine Rüstung. Er trägt sie, wann immer er Dinge tut, die grausam sind. Und dass er jetzt ebenfalls einen trägt …

Ohne ein Wort kommt er auf mich zu. Ich will seinen Namen sagen, doch mein Mund ist staubtrocken und meine Kehle so eng, dass sie schmerzt. Ich schaffe es nicht, die Silben zu formen, und so entkommt mir nur ein leises Keuchen, das in meinem Hals kratzt, als Dante mich am Arm packt und gewaltsam hochzieht.

Taumelnd komme ich zum Stehen, wobei ich seinen Blick suche, doch er sieht starr nach unten, während er die schwere Handschelle aufschließt. Weil er Robin verboten hat, mein Handgelenk zu verbinden und so vor der Reibung zu schützen, ist die Haut dort, wo das Metall seit Tagen darüber scheuert, gerötet und leicht geschwollen. Ein Teil von mir verabscheut Dante dafür, doch ich gebe ihm keine Macht, weil ich es einfach noch nicht kann. Ich kann ihn noch nicht aufgeben, weshalb ich weiter in sein Gesicht sehe.

Er schaut auf mein Handgelenk, wobei sich seine Miene jedoch nicht verändert. Da ist keine Regung in diesem markanten, mir so vertrauten und wunderschönen Gesicht, und das lässt Tränen in mir aufsteigen, die ich nicht zurückzuhalten versuche.

Gerade, als die erste überlaufen und meine Wange hinab rinnen will, weil mein Herz kurz davor ist, zu zerbersten, passiert es endlich.

Dantes Daumen bewegt sich kaum merklich an meinem Unterarm und streift beinah bis zu der Rötung meiner Haut.

Die Geste wäre den meisten vermutlich entgangen, aber weil ich so sehr darauf gehofft habe, irgendetwas an ihm zu finden, und mein Körper seit Jahren darauf bedacht ist, jede Regung wahrzunehmen, bemerke ich sie. Es waren nur ein, zwei Zentimeter – nur die Andeutung eines sanften Streichelns. Und doch bringt es mich beinah dazu, zusammenzubrechen.

Er ist noch da. Dieser Teil von Dante, der mich liebt, ist noch da, sonst hätte er das nicht getan. Entweder hat er es nicht gemerkt oder sich einfach zu spät unter Kontrolle gebracht, aber das ... Diese Berührung beweist mir, dass ich richtig entschieden habe. Sie bestärkt mich darin, dass ich aushalten kann und muss, was er mit mir tun wird, weil ein Teil von ihm es immer noch nicht erträgt, mir Schmerzen zuzufügen.

Dante mag es verbergen. Er mag mit aller Macht gegen diesen letzten Funken, der noch für mich – für *uns* glüht, ankämpfen, doch er kann ihn nicht vor mir verbergen. Egal, wie angespannt seine Muskeln sind, wie sehr er die Kiefer aufeinanderpresst oder wie unerbittlich er meinem Blick ausweicht: Diese winzige Geste sagt mir alles, was ich wissen muss.

Sie lässt mich innerlich aufatmen, auch wenn mein Körper zu zittern beginnt, als Dante mich in die Mitte des Raums führt und nach dem Ende der Kette greift, das nun von der Decke hängt. Routiniert und ohne Eile umwickelt er meine Handgelenke mit dem kalten Metall, bevor er ein Vorhängeschloss aus seiner Hosentasche holt. Nach einem letzten prüfenden Blick steckt er den Bügel des Schlosses durch die sich kreuzenden Kettenglieder und verschließt es.

Während ich mit Übelkeit und wackligen Knien auf diese neue, beinah noch grauenvollere Handschelle blicke, wendet er sich ab und geht zu der Wand, an der das andere Ende der Kette an dem Haken befestigt ist. Das erneute Rasseln erfüllt den Raum, und nur Sekunden später werden meine Arme nach oben gerissen.

Mein Blick fliegt hoch und dann zu Dante, der die Kette wieder befestigt. Anschließend dreht er sich zu mir um und sieht mir zum ersten Mal seit über einer Woche in die Augen. Das dunkle Braun seiner Iriden ist dabei so hart und kalt, dass mir ein Schauder über den Rücken läuft, während ich mich in dieser neuen Position auszubalancieren versuche. Er sieht an meinem Körper hinab, wobei Ekel in seinen Augen steht, bevor er mir wieder ins Gesicht schaut und seine Miene noch mehr an Menschlichkeit verliert.

Mit wenigen Schritten überbrückt er den Abstand zwischen uns, bis er direkt vor mir steht und ich den Kopf in den Nacken legen muss, um ihm weiterhin in die Augen sehen zu können. Mein Herz setzt drei rasende Schläge aus und explodiert bei seinen Worten beinah in meiner Brust.

»Ich werde dich zerstören.«

SIEBEN
DANTE

Ihre gottverdammten Tränen machen mich noch wütender, als ich es bereits war. Jede einzelne davon ist eine Lüge, und ich frage mich, wie ich so ein jämmerlicher Narr sein und mir wünschen konnte, November würde nicht weinen.

»Wieso?«, frage ich mit harter Stimme und registriere mit Freude, dass sie zusammenzuckt.

»Dan–«

Meine Hand schießt vor und legt sich so fest um ihre Kehle, dass sie augenblicklich keine Luft mehr bekommt. »Wage es nicht, meinen Namen in den Mund zu nehmen«, bringe ich beinah knurrend hervor. »Und jetzt antworte. Ich will wissen, wieso du es getan hast.«

Die Illusion von Schmerz erscheint in dem Graublau ihrer Iriden. Eine weitere Darbietung ihrer exzellenten Schauspielkünste, mit denen sie mich noch immer zu täuschen versucht. Die Wut, die sich gegen mich selbst richtet, will wieder aufkommen, doch ich kämpfe sie nieder. Ich kann mich jetzt nicht mit mir und meinen eigenen Schuldgefühlen auseinandersetzen, weil ich mich dieser falschen Schlange widmen muss, die sich in mein Leben, mein Bett und mein Herz geschlichen hat, um alles zu vernichten, was mir wichtig ist.

»Was war für dich drin?«, frage ich weiter, während ich fasziniert dabei zusehe, wie ihre Lippen allmählich blau anlaufen und die ersten Äderchen in ihren Augen platzen. Erst, als ihre Lider schwer werden und sie sie kaum noch offen halten kann, lockere ich meinen Griff.

November schnappt nach Luft und hustet. Sie versucht, sich nach vorn zu beugen, doch die Kette hindert sie daran. Zusätzlich packe ich ihr Kinn und bringe mein Gesicht direkt vor ihres, so dass sich unsere Nasenspitzen fast berühren. In mir will Übelkeit aufsteigen, weil es mich anwidert, ihr so nah zu sein, aber ich werde sie nicht töten, solange ich nicht weiß, was ihr Motiv war.

»Also?«

Ihre tränennassen Augen springen hektisch hin und her, während sie ihre Lunge keuchend mit Luft füllt. »Ich wusste nichts davon«, bringt sie heiser hervor und macht mich damit nur noch rasender.

»Die Wahrheit, November.« Es ist nur noch ein Grollen. Bei jedem Wort inhaliere ich ihren Atem, und ich schwöre bei Gott: Wenn ich Schmerzen empfinden könnte, würde meine Kehle dabei brennen.

Sie hustet ein weiteres Mal, bevor sie erneut ansetzt. »Ich habe Amanda noch nie zuvor gesehen«, beteuert sie. »Was auch immer sie dir erzählt hat … Ich habe damit nichts zu tun. Das musst du mir glauben.«

Mit einem Knurren lasse ich sie los, wobei ich sie von mir stoße, so dass ihr Körper aus dem Gleichgewicht gerät und sie hingefallen wäre, wenn ich sie nicht an die Decke gekettet hätte. Das befriedigende Gefühl, das mich durchströmt, als sie wimmernd versucht, sich auszubalancieren, lässt meine Mundwinkel zucken.

»Du wirst reden«, murmle ich und umkreise sie dann, wobei ich sie von allen Seiten mustere.

Ihr Körper ist mir so vertraut, dass ich genau weiß, was sich unter der Kleidung verbirgt. Und es widert mich an. Zu wissen, dass ich sie überall berührt habe – dass *sie mich* berührt hat –, lässt mich die Hände zu Fäusten ballen. Vor allem, weil mein verräterischer Schwanz selbst nach allem, was sie mir angetan hat, hart wird, als mein Blick über sie gleitet.

November schaut mich flehend an, hebt dabei jedoch fast trotzig das Kinn. Sie sieht erbärmlich aus mit all den Tränen, die ihre Wangen benetzen. Rotz läuft ihr aus der Nase, und eine Strähne ihrer Haare klebt an ihrer Schläfe. Ein kaum existenter Teil meines Seins will sie ihr aus dem Gesicht streichen und die Tränen ablecken, doch allein beim Gedanken daran wird mir übel.

»Ich habe nichts damit zu tun«, wiederholt sie stur. »Was zwischen uns beiden passiert ist, war echt, Dante.«

Meinen Namen aus ihrem Mund zu hören, lässt mich die Hand heben. Ich will ausholen und ihr ins Gesicht schlagen, so unglaublich rasend macht sie mich. Stattdessen packe ich sie am Unterkiefer und neige ihren Kopf gewaltsam zur Seite, wobei ich meinen Körper an ihren bringe. Ich spüre ihren Bauch, der sich an meinen harten Schwanz drückt, ignoriere es aber. Grob fahre ich mit der

Zunge über ihre Wange, bevor ich meine Zähne in der Haut versenke, bis November aufschreit.

»Wenn du meinen Namen noch ein weiteres Mal aussprichst …«

Ihr Blick findet meinen. Kleine Blitze des Zorns tanzen in ihren Iriden, als sie sich über die Lippe leckt, bevor sie schluckt. »Dann *was*?«, fragt sie und beweist damit, dass sie offenbar genauso wahnsinnig ist wie Amanda. »*Dante.*«

Meine Eingeweide zerreißen jeden Moment. Ich ertrage den Klang ihrer Stimme einfach nicht, wenn sie meinen Namen ausspricht. Es macht mich verrück. Es bringt meinen Verstand zum Durchdrehen, und ich kann die Gefühle, die in mir aufkommen, nicht kontrollieren. Dabei ist Kontrolle etwas, das unweigerlich notwendig ist, wenn man jemanden foltern und töten will. Doch sie entgleitet mir gerade, weshalb ich November nach unzähligen Momenten erneut von mir stoße und drei Schritte zurücktrete.

Wieder schwingt ihr Körper haltlos umher, bis sie sich gefangen hat und es schafft, sich zu mir zu drehen. Sie zieht die Nase hoch und dreht ihren Kopf, um ihre Wangen an ihren nach oben gestreckten Armen abzuwischen. Dann sieht sie mich an und reckt das Kinn.

Ihr Anblick erinnert mich an den Moment, in dem ich zum ersten Mal dachte, ich hätte eine Königin vor mir. *Meine* Königin. Aber das hier … Diese Frau, die mich mit einem Blick bedenkt, den man nur als überheblich bezeichnen kann, ist keine Königin. Sie ist eine falsche Schlange. Eine Hexe. Der Teufel in Person. Und ich werde sie vernichten. Ich werde sie für das, was sie getan hat, leiden lassen, und ihr die Überheblichkeit austreiben.

»Irgendwann wird dir klar, dass ich nicht lüge«, sagt sie, wobei ihre Stimme jedoch minimal zittert. »Ich weiß, dass du noch da drin bist. Dass der Dante, der die Welt für mich niederbrennen würde, noch da ist.«

Meine Muskeln verkrampfen sich bei ihren Worten so sehr, dass ich es nicht wage, mich zu rühren. Stattdessen starre ich sie nur an, während etwas in mir reißt.

November legt den Kopf leicht schief. »Tu, was immer du willst. Aber überleg dir gut, ob du damit leben kannst. Ob du mit dem, was du mir antust, leben kannst, sobald dir klar wird, dass ich die Wahrheit sage.«

Wie kann sie nur? Wie kann sie es wagen, selbst jetzt noch so zu tun, als wäre sie Winter? Sie muss lebensmüde sein. Oder verrückt. Vermutlich sogar beides, sonst würde sie mich nicht so reizen, obwohl sie genau weiß, wer ich bin. *Was* ich bin.

»Vergiss nicht, was ich mal zu dir gesagt habe«, spricht sie weiter, während ich noch immer starr dastehe, unfähig, etwas zu erwidern. »Du bist nicht das erste Monster in meinem Leben. Aber du bist der Erste, dem ich etwas bedeutet habe. Du bist mein *Ehemann*, ob du willst oder nicht, und ich liebe dich. Also glaub nicht, dass ich dich aufgeben werde. Denn das kann ich nicht.«

Das kalte, zu Stein erstarrte Herz in meiner Brust schlägt, als würde es einen Sprint laufen, und hämmert dabei gegen meine Rippen. Meinen Atem halte ich mit aller Macht ruhig, da ich nicht preisgeben will, wie sehr mich ihre Worte zur Weißglut bringen. Stattdessen gleitet mein Blick noch einmal über ihren Körper und bleibt an dem D hängen, das ich in der Haut ihres Halses verewigt habe. Die Wunde ist beinah verheilt, die Narbe jedoch noch immer gerötet und deutlich sichtbar. Und sie bringt das Fass zum Überlaufen.

Ein Grinsen formt sich auf meinen Lippen, als ich nach dem Messer greife, das an meinem Gürtel hängt, und dabei langsam auf November zugehe. Ich kann erkennen, dass sich ihre Augen weiten wollen, sie jedoch dagegen ankämpft und meinen Blick stur und dumm erwidert.

»Du glaubst, du würdest wissen, was für ein Monster ich bin?«, frage ich mit kaum hörbarer Stimme und einem Unterton, der die Härchen an ihren Unterarmen dazu bringt, sich aufzustellen. »Denkst du wirklich, du könntest mich überleben?«

Ich umrunde ihren Körper, wobei ich so dicht an ihr entlanggehe, dass meine Schulter sie streift. November atmet zitternd ein und schlingt die Finger um die Kette, als könne sie sich so gegen mich wappnen oder ihre Angst verbergen, doch ich kann sie förmlich riechen. Sie stinkt nach der Panik, die sie erfasst, als ich nach zwei Umrundungen hinter ihr stehen bleibe und den Kopf neige, um auf die rechte Seite ihres Halses zu blicken.

»Ich habe bis jetzt alles überlebt, was du getan hast«, hält sie dagegen, auch wenn ihre Worte kaum hörbar sind.

Aus einem seltsamen Impuls heraus senke ich den Kopf und streiche mit der Nase an ihrem Nacken entlang, um den Duft ihrer Haut zu inhalieren, bevor ich grob in ihr Haar greife und ihren Kopf nach links drücke.

November holt hörbar Luft, doch ich gebe ihr nicht die Möglichkeit, mich weiter mit ihren Lügen zu provozieren, und gleite mit meiner Hand aus ihrem Haar, um sie auf ihren Mund zu drücken. Anschließend bringe ich meine Lippen nah an ihr Ohr und lege dabei die Klinge des

Messers an ihren Hals. »Du solltest vorsichtig sein mit dem, was du sagst. Es könnte dich sonst deinen Kopf kosten, kleine November.«

Sie versucht, sich meinem Griff zu entziehen, doch meine Finger liegen so fest auf ihrem Gesicht, als könnte ich ihre Lippen auf ewig versiegeln. Ich lehne mich etwas zurück, um einen besseren Blick zu haben, und durchsteche die Haut neben dem D mit der Messerspitze, um den ersten Schnitt zu setzen, so wie ich es bei mir selbst bereits vor Tagen getan habe.

Novembers Körper windet sich, als ein Rinnsal aus Blut an ihrer blassen Haut hinabläuft. Sie kämpft, schnipst mit den Fingern und schreit gegen meine Handfläche, doch ich ignoriere es und lasse sie erst los, als ich fertig bin und der Hautfetzen mit meiner Initiale auf dem Boden landet. Das leise Klatschen ist wie Musik in meinen Ohren und übertönt das Wimmern der Wehmut, das in meiner Brust erklingt, weil ich noch genau weiß, wie es sich angefühlt hat, Winter auf diese Art als die Meine zu brandmarken.

Als ich um November herumgehe und vor ihr stehen bleibe, ist ihr Gesicht schmerzverzerrt und erneut tränenüberströmt. Mit einer Mischung aus Schock, Abscheu und purer Fassungslosigkeit sieht sie mich schwer atmend an, sagt aber kein Wort mehr. Der gebrochene Ausdruck in ihren Augen ist vorwurfsvoll, doch ich lasse ihn nicht an mich heran. Stattdessen greife ich nach ihrem Oberteil und wische die Klinge daran ab, bis sie wieder silbern und rein glänzt. Dann stecke ich das Messer ein, wende mich ab und gehe.

ACHT
ROBIN

Er ist völlig außer Kontrolle. Schlimmer noch: Dante ist zu einem wahren Psychopathen geworden.

Beinah minütlich denke ich darüber nach, ihn zu erschießen. Es ist mir egal, wozu mich das machen würde, denn das, was er Winter bereits in dieser halben Stunde angetan hat, in der er bei ihr war, lässt mich ihn verachten.

»Was hast du vor?«, fragt Winter noch immer unter Tränen, als ich kurzerhand mein Shirt ausziehe und nach der Wasserflasche greife, die ich für sie mitgebracht habe.

Aus der offenen Wunde an ihrem Hals fließt noch immer Blut und läuft an ihrer Haut hinab. Das helle Rot des nackten Fleischs beißt sich auf bizarre Weise mit der Farbe, die ihr einst cremeweißes Longsleeve nun hat. Der Anblick bringt mich beinah dazu, mich direkt hier zu übergeben, aber ich reiße mich zusammen und bemühe mich darum, meinen Gesichtsausdruck so neutral wie möglich zu halten.

Ohne eine Erwiderung befeuchte ich den Stoff des Shirts, nachdem ich den Deckel der Flasche abgedreht habe, und trete damit an sie heran. »Ich darf es nicht verbinden«, erkläre ich leise. »Und ich muss … es liegen lassen.«

Winters Blick gleitet für eine Sekunde zu dem Stück Haut, das Dante ihr aus dem Hals geschnitten und achtlos auf den Boden geworfen hat. Wie in einem schlechten Film ist es so gelandet, dass das D, welches er hineingeritzt hatte, deutlich sichtbar ist und Winter und ihre Gefühle verhöhnt.

Sie sieht zur Seite und deutet ein Nicken an. »Ist schon okay«, gibt sie leise zurück, doch ich erkenne an dem Beben ihrer Stimme, dass es das nicht ist. Ganz im Gegenteil.

Was Dante getan hat, ist grausam. Und damit meine ich nicht nur die körperliche Verstümmelung, sondern vor allem die emotionalen Schmerzen, die er Winter damit zufügt. Dabei kommt in mir die Frage auf, ob ihm Letzteres überhaupt bewusst ist. Doch das würde voraussetzen, dass er Winter glaubt, aber das tut er ganz offensichtlich nicht, sonst wäre sie nicht an die Decke gekettet und so von ihm zugerichtet worden.

»Ich lasse dich runter«, sage ich, nachdem ich das Blut so gut es ging von ihrer Haut gewischt und das Shirt auf den Boden geworfen habe. Ich kann nur hoffen, dass Dante es nicht sieht. Denn wenn sich sein Zorn auch noch gegen mich richtet, haben weder das Baby in Amandas Bauch noch Winter jemanden, der für sie da ist und versucht, das Schlimmste zu verhindern.

Winter nickt, woraufhin ich die Eisenkette langsam

über die Rolle an der Decke gleiten lasse. Sie stöhnt hörbar, als ihre Arme sich senken, und schwankt dabei leicht. Mit drei Schritten bin ich bei ihr und lege meinen Arm um ihre Mitte, um sie zu stützen, bis sie es schafft, auf eigenen Beinen zu stehen.

»Er hat mir verboten, dich weiterhin ins Bad zu lassen.« Entschuldigend blicke ich auf den Eimer, den ich mitgebracht habe. »Ich warte draußen.«

Wieder nickt sie nur, während sie versucht, ihre wunden Handgelenke zu massieren, doch die Kette ist so eng um ihre Arme geschlungen, dass sie sich kaum bewegen lässt.

Was Dante ihr zumutet, ist barbarisch. Während ich draußen vor der geschlossenen Tür warte, damit Winter wenigstens etwas Privatsphäre hat, schweifen meine Gedanken wieder zu der 9-Millimeter, die ich besitze. Ich hasse Waffen. Ich hasse Blut und den Tod und alles, was damit zu tun hat. Aber Dante hat gerade erst angefangen. Und obwohl selbst ich nicht gänzlich weiß, wozu er fähig ist, bin ich mir ziemlich sicher, dass er Winter noch grauenvollere Dinge antun wird. Womöglich wird er es sogar schaffen, diesen wahnwitzigen Hoffnungsschimmer in ihr zu töten, bis sie sich wünscht, er würde auch sie endlich erlösen.

Aber könnte ich das? Könnte ich Dante erschießen? Meinen besten Freund?

Winters Klopfen bewahrt mich davor, eine Antwort auf diese Frage finden zu müssen. Ich öffne die Tür und nehme ihr den Eimer ab, um ihn in den Flur zu stellen, bevor ich wieder reingehe. Wortlos greife ich nach der Kette und sehe zu Winter. Sie holt tief Luft, nickt dann aber und beweist damit erneut, dass sie einer der stärksten Menschen ist, die es gibt.

Als ich an der Kette ziehe und Winters Arme somit wieder strecke, wächst mein Hass gegen Amanda noch weiter. Mit dem, was sie getan hat, zerstörte sie alles, was uns zusammengehalten hat. Wir waren Freunde; eine eingeschworene Einheit, von der ich dachte, dass nichts sie erschüttern könnte. Doch jetzt muss ich einsehen, dass sie eine Fremde war, die es geschafft hat, sogar Dante hinters Licht zu führen.

Auch meine Wut ihm gegenüber steigt stetig, weil er mich zu einem Teil seiner Folter macht. Er zwingt mich dazu, Winter so zu behandeln, obwohl er genau weiß, wie sehr ich es verabscheue. Aber er hält das Leben, das in Amanda heranwächst, regelrecht in seinen Händen, und selbst wenn wir nicht wissen, ob es wirklich mein Kind ist, werde ich nicht zulassen, dass ihm etwas zustößt. Ich bin also dazu gezwungen, seinen Anweisungen zu folgen. Und obwohl Winter mir jedes Mal mit allem, was sie an Kraft besitzt, zeigt, dass sie mir nicht die Schuld für das gibt, was ich tue, verabscheue ich mich dafür, ein solcher Feigling zu sein.

Wäre ich Manns genug, würde ich nichts von dem zulassen, was Dante tut. Ich würde ihm die Stirn bieten und ihn aufhalten. Doch ich kann es einfach nicht. Womöglich auch, weil sogar ich inzwischen Angst vor ihm und seinen Taten habe.

»Es ist okay«, versichert Winter mir zum hundertsten Mal und sieht mich mit der Andeutung eines Lächelns an. »Ich habe mich schon dran gewöhnt.«

Mein Gesicht verzieht sich zu einer Grimasse. »Du

musst das nicht tun«, erwidere ich. »Es ist falsch. Was Dante tut, was ich tue, und dass du so tust, als wäre es *okay*. Denn das ist es nicht.«

Sie nickt und leckt sich dabei über die inzwischen spröden Lippen, wobei sie auf den Boden zwischen uns blickt. »Du hast recht. Das ist es nicht«, sagt sie langsam, bevor sie den Kopf hebt und mir geradewegs in die Augen sieht. »Aber du bist mein Freund. Und ich weiß, dass du es schon jetzt kaum erträgst. Also werde ich weiterhin so tun, als wäre alles okay, weil es reicht, wenn einer von uns beiden an dem zerbricht, was er tut.«

Ihre Worte lassen mich schlucken und treiben mir Tränen in die Augen. »Scheiße.« Ich wende den Blick ab und wische die Feuchtigkeit weg. »Dieser Bastard hat dich nicht verdient.«

Als ich Winter wieder ansehe, schüttelt sie den Kopf. »Das stimmt nicht, Robin. Und das weißt du auch.«

»Und *das* hat er noch weniger verdient.«

NEUN
WINTER

Dass Dante mir genommen hat, was er in meiner Haut verewigt hatte, schmerzt. Und damit meine ich nicht die körperlichen Qualen, die zweifellos seine Intention waren. Nein. Ich meine den seelischen Schmerz. Den Schmerz, der mein Herz zerquetschen will, weil dieser Schnitt, der sich an meinem Hals befand, mich zu Dantes Winter gemacht hat. Ohne ihn … bin ich das nicht mehr.

Ich weiß, dass es absurd ist, so zu denken. Es war das Letzte, was er getan hat, bevor alles so schrecklich schiefging. Dennoch hat es uns auf eine Weise verbunden, die ein Ring niemals zustande gebracht hätte. Es war ein Versprechen. Unsere Art eines Schwurs, der ausdrückte, dass wir unser Leben in die Hände des jeweils anderen legen.

Doch jetzt liegt der Beweis für das, was wir hatten, vor mir auf dem Boden wie ein klägliches Stück Abfall.

Als ich es nach Dantes Verschwinden das erste Mal

wagte, hinabzuschauen, hätte ich mich beinah übergeben. Einen Teil meines Körpers so vor mir zu sehen, war grauenvoller, als ich erwartet hätte. Es ist makaber und barbarisch, und das Brennen an meinem Hals, weil Dante mich regelrecht gehäutet hat, tut sein Übriges.

Inzwischen scheint es nicht mehr zu bluten, doch ich befürchte, dass es eine Ewigkeit dauern wird, bis diese Wunde verheilt. Falls sie überhaupt richtig heilen kann, wenn sie unbehandelt bleibt.

Während ich auf den Hautfetzen starre, denke ich darüber nach, was Dante als Nächstes tun wird. Dabei wächst in mir eine Idee, die vermutlich ein Schutzmechanismus ist, mir aber nicht unmöglich erscheint.

Dante wird mich nicht töten.

Er wird mir wehtun – daran habe ich keinen Zweifel. Aber er wird mir nichts antun, das mein Leben in Gefahr bringt. Weil er es nicht *kann*.

Ich wage es, zu behaupten, ihn gut genug zu kennen, um zu wissen, dass er absolut erbarmungslos ist. Wenn er einen Menschen tot sehen will, wird es auch so geschehen. Er tänzelt nicht unnötig um sein Opfer herum, wenn es nicht sein muss. Und selbst wenn er sich Zeit lässt, nutzt er diese so effektiv wie möglich, um so viel Leid und Schmerz zuzufügen, wie er nur kann.

Aber nicht bei mir.

Ja, es hat mir höllische Schmerzen bereitet, als er die Haut von meinem Hals schnitt. Aber diese Wunde ist nichts, was mir ernsthaft schaden oder mich gar umbringen wird, solange sie sich nicht entzündet.

Was Dante getan hat, war seelische Folter. Er hat meine Psyche gequält, und ich gehe sogar so weit, daran zu glauben, dass er auch weiterhin dabei bleiben wird. Er wird mich auf jede nur erdenkliche Art foltern, weil er mich hasst, seit Amanda ihr wahres Gesicht gezeigt hat. Aber er wird mich am Leben lassen und meinem Körper nicht mehr zumuten, als er ertragen kann.

Ich muss es also erneut tun. Muss die Rüstung anlegen, die ich bereits getragen habe, als ich zu meinen Eltern zurückgegangen bin. Die Rüstung, die Dante für mich geschmiedet hat, muss mich nun vor ihm beschützen, weil ich nicht darauf hoffen darf, dass er Erbarmen zeigt. Er wird mich demütigen, so wie er es bereits jetzt tut, indem er mir nur das Nötigste von dem zugesteht, was ich zum Überleben brauche. Allein sein Verbot, mich weiterhin in das Badezimmer gehen zu lassen, ist ein klarer Beweis dafür, dass er mich erniedrigen und brechen will. Doch ich habe ihm etwas voraus, das er bei seinem Plan nicht in Betracht zieht: Alles, was ich gesagt habe, ist wahr.

Er denkt, ich hätte alles nur gespielt und ihm etwas vorgemacht. In seinem Kopf bin ich nicht mehr die junge Frau, die ein Leben in den Händen ihrer Peiniger geführt hat. Er glaubt, dass nichts von dem, was mir zugestoßen sein soll, tatsächlich passiert ist. Doch es *ist* passiert. Ich wurde jahrelang missbraucht und vergewaltigt. Mein Leben war eine einzige Demütigung, und das hat mich stärker gemacht. Es hat mich zu jemandem gemacht, der eine Chance hat, Dantes Taten auszuhalten, ohne zu brechen.

Victor und mein Vater haben mich also auf eine absurde und verdrehte Weise auf das vorbereitet, was mir womöglich bevorsteht, und mir mit ihren Taten einen Vorteil gegenüber Dante verschafft.

Ich kann nur hoffen, dass es ausreicht. Dass das Aufwachsen unter Monstern und meine Liebe zu Dante reichen, um ihn zu überleben.

Erst drei Tage später kommt Dante wieder zu mir. Er reißt mich aus dem Schlaf, indem er die Tür mit voller Wucht zuschlägt. Ich schrecke hoch, weil ich ihn nicht habe kommen hören, und blinzle ein paarmal gegen das Licht an, das immer brennt.

Dante lehnt sich gegen die Wand neben der Tür und schiebt die Hände in die Hosentaschen. Sein Blick ist starr und emotionslos, als er mich ansieht, doch ich habe nichts anderes erwartet.

Mit einem leisen Stöhnen lasse ich meinen Kopf etwas kreisen und stelle mich kurz auf die Zehenspitzen, um meine schmerzenden Muskeln zu bewegen. Doch die Position, in der er mich hier hängen lässt, wird dadurch nicht erträglicher. Es ist und bleibt grausam, aber ich lasse mir nichts anmerken, als ich seinen Blick erwidere und abwarte, was er heute für mich bereithält.

»Wieso?«, fragt er irgendwann erneut, wobei er sich keinen Millimeter bewegt.

Ich befinde mich an einem Punkt, an dem ich ein Augenrollen unterdrücken muss. Mir ist durchaus bewusst, dass dies vermutlich nur eine von vielen Phasen der Verzweiflung ist, aber das ist mir egal. Solange ich noch nicht verrückt bin, werde ich alles annehmen, was ich bekomme.

»Ich habe dir darauf bereits geantwortet.« Meine Stimme klingt ruhig und fest, auch wenn die große Wunde an meinem Hals ziept und juckt, da sich eine dicke Kruste darauf gebildet hat, die Robin nicht behandeln darf.

Dantes Augen verengen sich kaum merklich, bevor er den Kopf hängen lässt, als würde er aufgeben. Da er mich damit jedoch nicht täuschen kann, warte ich weiter ab.

Kurz darauf stößt er sich von der Wand ab und zieht erneut ein Messer unter seinem Anzug hervor. »Immer noch die gleichen Märchen, *Winter*?«

Dass er mich so nennt, tut weh. Und er weiß es, weswegen er den Namen mit voller Absicht gewählt hat. Er verhöhnt mich damit. Uns. Das, was wir hatten. Und das tut so gottverdammt weh …

Mit wenigen Schritten ist er bei mir angelangt und lässt seinen Blick über meinen Körper gleiten. Ich kann nicht erkennen, was er dabei denkt oder fühlt, aber ich vermute, dass es nichts Gutes ist. Ohne ein Wort hebt er die Hand und greift an den Saum meines Oberteils, um die Klinge des Messers darunter zu schieben. Eine schnelle Handbewegung später klafft der Stoff auf wie ein offenes Hemd und entblößt meinen Bauch und meine nackten Brüste.

Ich kämpfe mit aller Macht dagegen an, dass mein Atem sich beschleunigt. Vor zwei Wochen wäre das hier ein Teil unseres Vorspiels gewesen. Eines abartigen und für die meisten unvorstellbaren Vorspiels, aber dennoch etwas, das wir beide genossen hätten.

Jetzt ist es das nicht mehr.

Dante lässt die Klinge des Messers über die Kuhle zwischen meinen Schlüsselbeinen und von dort aus hinabgleiten. Über den Schnitt, den er mir auf meinem Brustbein zugefügt hat. Dann zur linken Brustwarze und weiter runter, bis er an meinem Unterbauch angekommen ist. Sein Blick folgt dabei dem Pfad des Metalls, das sich gegen meine zitternde Haut drückt, als ich gegen meinen Willen erschaudere.

Es sollte mir nichts ausmachen, dass er mich so sieht. Doch die Situation – diese neue Dynamik, die Dante zwischen uns erschaffen hat –, lässt Scham in mir aufkommen. Ich fühle mich entblößt und würde mich am liebsten wegdrehen, aber es wäre sinnlos. Er würde mich nicht nur daran hindern, sondern vermutlich sogar dafür bezahlen lassen. Zudem möchte ich ihm trotz all meiner Liebe nicht die Genugtuung verschaffen, die er zweifellos verspüren würde, wenn er mein Unbehagen bemerkt.

»Du bist eine Lügnerin«, sagt er leise und sieht dabei zu, wie die Spitze der Klinge über meine Haut gleitet, ohne sie zu durchstechen. Dabei weiß ich, dass es nur eine Frage der Zeit ist, bis erneut Blut aus meinem Körper fließen wird.

Es ist nicht Dantes Stil, zu bellen, ohne zu beißen.

»Und ich finde, dass das jeder sehen sollte.« Mit diesen Worten greift er mit der anderen Hand an meine Hüfte, um mich festzuhalten, und beginnt, mich zu schneiden.

Ich schließe die Augen und atme tief ein und aus, auch wenn es sich anfühlt, als würde er mit einem brennenden Eisen über meine Haut gleiten. In einer anderen Zeit hätte ich mich gegen die Klinge gedrückt und Dantes Namen gestöhnt, doch jetzt muss ich Tränen zurückhalten, weil diese Schnitte nichts Lustvolles an sich haben. Sie sind eine Demonstration von Macht. Sie sollen wehtun und entwürdigend sein. Sie sollen mich daran erinnern, dass ich Dante hilflos ausgeliefert bin und er seinen Zorn über mich bringen wird. Erbarmungslos. Gnadenlos. Aber vor allem gewaltsam.

»So ist es besser«, beschließt er leise und tritt zurück.

Ohne nach unten zu blicken weiß ich, dass die Schnitte nicht wahllos von ihm gesetzt wurden. Noch wage ich es nicht, hinzusehen und mich mit dem zu konfrontieren, was er getan hat, aber es ist zweifellos schrecklich. Dennoch öffne ich die Augen und sehe Dante an.

Sein Blick ist noch auf meinen Bauch gerichtet, an dem ich das warme Blut spüre, das letztendlich im Bund meiner Hose versickert. Schon jetzt weiß ich, dass Robin diesen Anblick kaum ertragen wird, doch vielleicht schaffe ich es, mich umzudrehen, damit ich ihn warnen kann, bevor er es sieht. Denn Dantes Gesichtsausdruck zeigt deutlich, dass er mit seinem Werk sehr zufrieden ist. Und das bedeutet, dass es grauenvoll ist.

Ein Schmunzeln, das mir eine Gänsehaut beschert, zupft an seinen Mundwinkeln, bis er mir in die Augen schaut. Sofort wird seine Miene wieder hart und beinah hasserfüllt. »Sieh hin«, befiehlt er und leckt dann die Klinge des Messers ab.

Während ich mich frage, ob sein Blutdurst ein gutes oder schlechtes Zeichen ist, senke ich den Kopf und blicke auf meinen Bauch.

L I A R

Plakativ und deutlich erkennbar hat Dante die Buchstaben in die empfindliche Haut unterhalb meines Bauchnabels geritzt. Von Beckenknochen zu Beckenknochen. Kräftig. Anmutig. Beinah kunstvoll. Wenn es nicht dieses Wort unter diesen Umständen wäre, hätte ich es sogar schön genannt. Aber so … So ist es nur eine weitere Erniedrigung. Eine, die ich auf ewig tragen werde und die Dante für immer daran erinnert, was er mir angetan hat.

Wenn das hier vorbei ist – und das *wird* es irgendwann sein, weil nichts ewig währt –, werden die Narben ihn jeden Tag daran erinnern, wozu er fähig ist und wie grausam er sein kann. Es wird ihn umbringen, sobald er wieder bei Sinnen ist, und der Gedanke daran treibt mir die Tränen mit einer solchen Wucht in die Augen, dass ich lautlos aufschluchze.

Dante wird sich dafür verabscheuen. Und ich bin so gottverdammt und hoffnungslos in ihn verliebt, dass mein Herz schon jetzt deswegen für ihn bricht.

ZEHN
DANTE

Sie bricht nicht. Egal, was ich tue, November bricht einfach nicht, und das bringt mich an den Rand des Wahnsinns.

Ich will, dass sie leidet. Sie soll den gleichen Schmerz spüren, der mich von innen heraus auffrisst, doch es scheint so, als würde es nicht reichen, ihr Teile ihrer Haut abzuschneiden und ihren Körper zu verstümmeln, indem ich das Offensichtliche darin eingraviere.

Weil ich zu weich bin.

Weil da irgendetwas in mir ist, das mich bremst. Ich hasse es, dass ich ihr nicht die gleiche Folter zuteilwerden lassen kann, die meine Opfer üblicherweise erhalten. Aber irgendein verflucht jämmerlicher Teil von mir hält mich davon ab.

Ich rede mir ein, dass ich sie noch nicht töten will, weil ich Antworten brauche. Weil ich wissen muss, wieso sie mich auf so abartige Weise getäuscht hat und was ihre Beweggründe dafür waren. Aber dieses Etwas ... Ich weiß, dass es etwas anderes ist. Dennoch übergieße ich es mit Benzin und setze es in Brand, so wie auch November auf gewisse Weise den Stall und meine Tiere in Brand gesetzt hat.

Sie muss gewusst haben, was Amanda vorhatte, und hat sich damit zur Mittäterin gemacht. Ebenso, wie sie von allem anderen wusste. Der Austausch des Medikamentencocktails war etwas, das Amanda ihr im Voraus gesagt haben muss. Sie kennt meine Vorgehensweise, weshalb es ebenfalls Teil des Plans gewesen sein muss, dass November zu ihren Eltern zurückkehrt. Wäre sie direkt zu mir gekommen, wäre ich stutzig geworden, da sie nicht mal hätte wissen können, wo sie mich findet. Es erklärt auch, wieso der Plan, Amanda bei der Gala an November herantreten zu lassen, so reibungslos funktioniert hat. Weil alle davon wussten. Die Bodyguards. Ihre Eltern. Sogar November selbst. Und sie wussten auch, dass ich im Verborgenen beobachten würde, was passiert, damit ich im Zweifelsfall hätte eingreifen und November retten können.

Alles war bis ins kleinste Detail durchchoreographiert.

Meine Verhaftung? Ebenfalls ein Schachzug von Amanda, den November mit ihrer filmreifen Darbietung davon, dass sie ihren Vater angeblich erpresst hat, perfektionierte. Doch der wusste vermutlich lange vorher, dass das passieren würde, so dass es ein Leichtes für ihn gewesen sein muss, die richtigen Strippen zu ziehen, was ihm noch mehr wertvolle Publicity einbrachte. Zwar erschließt sich mir nicht ganz, was der Sinn dahinter war, doch Amanda hat selbst gesagt, dass sie diejenige war, die dem FBI den Tipp gegeben hat, damit es mich verhaften konnte. Vermutlich wollte sie den Stall in meiner Abwesenheit anzünden, damit keines der Tiere überlebt, und Robin hat ihren Plan durchkreuzt, weil er sich zu schnell von November hat weichkochen lassen.

Im Grunde ist es auch egal. Es schert mich nicht, was der Sinn hinter den einzelnen Schritten war. Amandas Motive sind offensichtlich, und bis zu einem gewissen Grad verstehe ich ihren Wunsch nach Rache. Doch November … Wieso sie Teil des Ganzen wurde, verstehe ich einfach nicht. Aber sie will verdammt noch mal nicht reden, und das macht mich von Stunde zu Stunde rasender.

»Na, Doktor? Werden Sie mir sagen, was es ist, oder wollen Sie mich überraschen?« Amandas Stimme ist nervtötend, und ihr überheblicher und verhöhnender Tonfall macht es nur noch schlimmer.

Ich überlege schon seit Tagen, wie ich sie zum Schweigen bringen kann, doch ich bezweifle, dass Robin mir erlaubt, ihre Lippen zuzunähen. Sie dauerhaft auf ein Betäubungsmittel zu setzen ist angesichts ihrer Schwangerschaft jedoch zu riskant. Ich mag mich exzellent mit dem menschlichen Körper auskennen und inzwischen sogar recht ansehnliche Ultraschallaufnahmen machen, aber ich werde nicht riskieren, dieses Baby in Gefahr zu bringen. Erst recht nicht, solange wir davon ausgehen müssen, dass es Robins Kind ist.

»Du legst es darauf an, geknebelt zu werden«, murre ich, während ich auf den Monitor starre und den Fötus betrachte.

Amanda schnalzt mit der Zunge. »Na, na, Dante. Ich

weiß ja, dass du dich für unwiderstehlich hältst, aber deine kranken Sexspielchen sind mir echt eine Nummer zu abartig«, erwidert sie und macht daraufhin ein Würgegeräusch.

Ich wische den Ultraschallkopf ab und hänge ihn zurück in seine Halterung, bevor ich Amanda mit hochgezogener Augenbraue ansehe. »Keine Sorge«, sage ich angewidert. »Ich würde meinen Schwanz nicht mal in dich stecken, wenn mein Leben davon abhinge.«

Sie schneidet eine Grimasse, als ich mich erhebe und zur Tür gehe.

»Wie geht es der kleinen Winter?«, ruft sie mir nach. »Fickst du sie eigentlich noch oder hast du sie schon abgemurkst?«

Ohne auf ihre Worte einzugehen, verlasse ich den Raum, während ich mich frage, wie ich es jahrelang mit diesem abscheulichen Biest aushalten und mich so von ihm täuschen lassen konnte.

ELF
WINTER

Es wird schlimmer. Und schwerer zu ertragen.

Dabei ist es nicht unbedingt das, was Dante tut – denn er tut nichts mehr –, sondern die Ausdauer, die er dabei an den Tag legt.

Ich weiß nicht, wie lange ich bereits angekettet in diesem Raum stehe, aber mir tut alles weh. Meine Handgelenke schmerzen von der Kette. Ich spüre meine Finger kaum noch, weil das Blut nicht mehr richtig in ihnen zirkuliert. Meine Schultern brennen wie Feuer und sind zugleich steinhart, so dass jede Bewegung, die ich mache, sobald Robin die Kette löst, mich innerlich aufschreien lässt. Meine Beine und Füße sind geschwollen, die Zehen so empfindlich, dass ich versuche, mich einfach gar nicht mehr zu bewegen.

Robin tut, was er kann und was Dante ihm gestattet, doch es ist nicht viel. Er durfte die Wunden reinigen, aber nicht verbinden oder behandeln. Meine verkrampften Muskeln versucht er jedes Mal, wenn er bei mir ist, mit sanften Massagen etwas zu lockern, doch die wenigen Minuten können nichts gegen die unzähligen Stunden in dieser Haltung ausrichten.

Da ich den Raum nicht mehr verlassen darf, wäscht Robin mich mit einem Waschlappen. Er ist dabei so behutsam und respektvoll, dass es mir die ersten Male Tränen in die Augen getrieben hat und meine Dankbarkeit ins Unermessliche wachsen ließ.

Zugleich fühle ich mich schrecklich, weil er das durchstehen muss. Für Robin ist diese Situation mindestens genauso unerträglich wie für mich. Dante und er waren beste Freunde, und nun muss er dabei zusehen, wie dieser Mann zwei Frauen quält, von denen eine dessen Ehefrau ist und die andere ein Kind erwartet, das von ihm sein soll.

Ich kann nur hoffen, dass er es durchsteht. Nicht um meinet-, sondern um seinetwillen. Nichts von dem, was gerade passiert, verdient er, und doch hilft er mir, so gut er kann.

Er hat mir erzählt, dass Dante zwei Unternehmen angeheuert hat, die sich um den Bau des neuen Stalls kümmern, während ein drittes sich dem Wiederaufbau des alten Gebäudes widmet. Da es dennoch Wochen dauern wird, bis die neuen Stallungen fertiggestellt sind, haben Robin und Dante provisorische Unterstände aufstellt, um die großen Tiere zumindest vor Wind und Wetter zu schützen. Für die Hühner, Gänse und alle anderen gefiederten Bewohner haben sie Amandas Hütte ausgeräumt, in der sie nun nachts untergebracht werden.

Es erfüllt mich mit Erleichterung, dass Dante die Tiere

nicht im Stich lässt. Zwar habe ich nie daran gezweifelt, aber da war dennoch die Sorge, dass sein Zorn ihn zu blind machen würde für das, was wirklich zählt.

Doch diese winzigen Momente mit Robin und den wenigen guten Nachrichten, die er mitbringt, können das Grauen nicht wettmachen. Die Zeit nagt an mir, und ich frage mich, wie lange Dante das noch durchhalten wird und wann er einen Schritt weiter geht. Denn es wird passieren; das spüre ich ganz deutlich. Es macht ihn rasend, dass ich ihm nicht die Antworten gebe, die er hören will. Stattdessen wiederhole ich die immer gleichen Worte, weil sie nichts als die Wahrheit sind. Aber Dante kann sie einfach nicht als das erkennen.

Es muss mitten in der Nacht sein, als der Schlüssel ins Schloss geschoben wird. Die Bewegung ist fahrig und passt so gar nicht zu Robin oder Dante, doch als die Tür aufschwingt, betritt letzterer den Raum. Aber dieses Mal ist etwas anders. *Er* ist anders.

Für gewöhnlich ist Dante beherrscht, wenn er zu mir kommt, aber heute steht unverhohlene, beängstigende Wut in seinem Blick. Und endloser Hass.

»Weißt du, November …« Er kommt auf mich zuge-schlendert, wobei er keine Anzugjacke trägt. Die Ärmel seines schwarzen Hemdes sind hochgekrempelt, die obersten Knöpfe geöffnet. Die gebräunte Haut, die dadurch sichtbar ist, erinnert mich schmerzhaft an all die Male, in denen wir uns nah waren.

Früher hätten sich meine Schenkel bei diesem Anblick sehnsuchtsvoll zusammengepresst, während ich ohne

Zweifel augenblicklich feucht geworden wäre, doch jetzt bin ich verunsichert. Zudem macht Dante mich nervös, weil ich ihn so nicht kenne.

»Ich habe lange darüber nachgedacht, was ich mit dir machen soll«, redet er weiter, wobei seine Stimme zu samten klingt. Zu rau. Zu schwer. »Und dann hat Amanda mich auf eine Idee gebracht.«

Meine Muskeln ziehen sich zusammen, als er näher kommt, um mich herumgeht und letztendlich hinter mir stehen bleibt. Er macht einen Schritt nach vorn, bis ich seinen Körper an meinem Rücken spüre. Ein winziger Teil von mir will sich an ihn lehnen und seine Wärme spüren, weil ich ihn trotz allem vermisse, doch ich wage es nicht, mich zu rühren.

Er legt eine Hand an meine Taille, während er den Kopf neigt und sein Gesicht an die Seite meines Halses bringt. »Wenn es dich nicht zum Reden bringt, was ich bisher getan habe, muss ich vielleicht neue Wege gehen«, murmelt er an meiner Haut, wodurch mich sein Atem trifft und mir augenblicklich klar wird, was an ihm so anders ist.

Dante ist betrunken.

Er riecht nach teurem, hochprozentigem Alkohol, und das ist etwas, das mir eine Scheißangst macht. Denn für gewöhnlich trinkt er nicht. In der Zeit, in der ich bei ihm war, hat er es nur ein einziges Mal getan. Es war in der Nacht, in der er Victor ermordet hat und ich mich seiner Anweisung widersetzt habe. Damals war es nur ein Drink; ein einziges Glas, das er womöglich gebraucht hat nach dem, was er getan hatte. Doch schon da war er wütend und hat es mich spüren lassen.

Aber jetzt ist er rasend. Und so, wie er spricht, sich bewegt und riecht, hat er um ein Vielfaches mehr getrunken.

»Dante …«

Ich habe bisher nicht mehr versucht, ihn zu beruhigen oder irgendwie zu mir zurückzuholen. Nur bei diesem ersten Mal habe ich ihn beim Namen genannt, in der Hoffnung, dass der Klang meiner Stimme, wenn ich ihn benutze, etwas bewirken würde, doch das tat es nicht. Es machte Dante nur noch wütender, also habe ich es aufgegeben. Da jedoch Panik in mir aufsteigen will, weil das hier eine neue, beängstigende Situation ist, klammere ich mich an jeden Strohhalm, den ich finden kann.

»Sagte ich dir nicht, dass du meinen Namen nicht aussprechen sollst?«, fragt er hörbar gereizt und beißt dann gnadenlos in meine Schulter.

Ich keuche auf und will mich befreien, doch sein fester Griff und die Kette um meine Handgelenke machen es mir unmöglich, mich ihm zu entziehen.

Mit einem Mal entfernt er sich von mir und geht zielstrebig zu dem Haken an der Wand, um die Kette davon zu lösen. Ohne Vorwarnung fallen meine Arme hinab und ich lande unsanft auf dem Boden, weil meine Muskeln zu steif sind, um so schnell zu reagieren.

Dante kommt zu mir zurück und sieht auf mich hinab. Dabei wirkt er so unberechenbar, dass mir Tränen der Angst in die Augen treten. Ich weiß, dass es sinnlos wäre, von ihm weg zu kriechen, daher versuche ich es entgegen aller Vernunft nochmals mit Worten. »Bitte, Dante … Was auch immer du vo–«

Er packt mich grob an den Haaren und zerrt mich auf

die Knie, wobei er sich zu mir nach unten beugt, um sein Gesicht dicht vor meins zu bringen. »Du sollst still sein«, befiehlt er grollend, bevor er die andere Hand hebt und an meine Wange legt. Sein Daumen fährt über meine Lippe, bevor er ihn gewaltsam in meinen Mund drängt. »Und spar dir die Tränen. Sie kümmern mich nicht mehr.«

Sein Finger verschwindet wieder. Kurz darauf ist das Klappern seiner Gürtelschnalle zu hören.

Übelkeit lässt meinen Bauch krampfen, als mir klar wird, was er mit *neue Wege gehen* meinte.

Dante richtet sich auf, wobei sein Blick auf meinen Lippen landet. Ich wage es unterdessen nicht, nach vorn zu sehen, weil ich auch so genau weiß, was er tut.

»Ich habe nie deinen Mund gefickt«, murmelt er mit rauer Stimme. »Weißt du auch, wieso?«

Immer mehr Tränen rinnen aus meinen Augen, als ich an seine Worte von damals denke. An diesen Moment, der so besonders und wichtig für mich war, weil Dante auf mich eingegangen ist.

Nicht so, Baby. Du wirst nicht vor mir auf dem Boden knien.

Doch dieser Dante ist jetzt weg.

Vor mir steht ein Mann, der nur noch aus rasender Wut, Abscheu und Verachtung besteht. Er will mich leiden lassen, und wenn es stimmt, was er sagte, hat Amanda ihn mit ihren Worten zu einer neuen Art von Monster gemacht, die mich wahrlich zerstören könnte.

Er neigt meinen Kopf noch etwas weiter, was die Muskeln in meinem Nacken aufschreien lässt. »Deine Geschichte war so gut durchdacht … So perfekt gesponnen, dass ich den Gedanken, dich so zu nehmen, nicht ertragen habe.« Seine Hand legt sich erneut an meine

Wange, wo sein Daumen harsch über meine Haut streicht. »Aber es war eben nur das, nicht wahr, *Winter Baby*? Eine Geschichte. Also wozu noch Rücksicht nehmen? Wieso sollte ich Mitleid mit dir haben, nach dem, was du getan hast?«

ZWÖLF
DANTE

Der Alkohol bringt die Stimmen in meinem Kopf zum Schweigen, befeuert zugleich aber auch, was Amandas Worte in mir freigesetzt haben. Und er macht mich skrupellos.

Ich hasse es, zu trinken. Der Grund dafür ist offensichtlich, doch November reizt mich bis aufs Blut. Ihre immer gleichen Lügen machen mich wahnsinnig, und die Tatsache, dass meine bisherigen Methoden nicht den gewünschten Effekt hatten – die Wahrheit aus ihr herauszubekommen –, hat mich zum Whisky greifen lassen.

Vor gar nicht allzu langer Zeit hätte ich es bereut, so viel getrunken zu haben. Ich hätte mich in diesem Zustand niemals in ihre Nähe gewagt, aus Angst, ihr etwas anzutun. Doch diese Zeiten sind vorbei. Der Dante, der seine Winter um alles auf der Welt beschützen und nur ihr Bestes wollte, ist mit den Tieren in diesem Feuer gestorben.

Nun aber bin ich klarer im Kopf und kann erkennen,

dass Skrupel sinnlos sind, wenn es um November geht, da sie mich zum Narren hält. Sie hatte lange genug die Macht über mich. Jetzt bin *ich* derjenige, der entscheidet.

Ein letztes Mal fahre ich mit dem Daumen über diese Lippen, die mich mit ihren Lügen verhöhnt haben, bevor ich meine Finger um meinen Schwanz lege und Novembers Kopf zu mir ziehe. Meine Spitze drückt sich gegen ihren Mund, während ihre gottverdammten Augen überlaufen, als sie weiterhin zu mir aufsieht. Selbst jetzt spielt sie noch, und das lässt mich die letzten winzigen Zweifel über Bord werfen.

Mein Fuß stellt sich auf die Kette, damit November ihre Hände nicht heben kann, bevor ich mich gewaltsam in ihren Mund schiebe.

Mit einem Wimmern öffnet sie ihre Kiefer, und die feuchte Hitze lässt mich beinah aufstöhnen, weil sie sich so gut anfühlt.

»*Fuck.*« Es folgt ein tiefes Grollen, während ich beobachte, wie mein Schwanz Zentimeter um Zentimeter zwischen ihren vollen Lippen verschwindet, bis er an ihren Rachen stößt.

Novembers Kehle verkrampft sich, doch ich lasse nicht zu, dass sie sich entfernt. Tränen rinnen an ihren Wangen hinab und landen auf meinen Schuhen, während ich den Anblick in mich aufsauge.

Sie sieht göttlich aus. Selbst mit diesen lügenvollen Augen und den verräterischen Lippen ist sie wunderschön, also beginne ich, ihren Mund zu ficken. Erst langsam, um mich an das Gefühl zu gewöhnen, das mich in meinem Zustand beinah überwältigt, doch es dauert nicht lange, bis ich das Tempo erhöhe und mich immer tiefer in sie schiebe.

»Das hätte ich viel früher tun sollen«, bringe ich schwer atmend hervor und neige den Kopf etwas, um dabei zuzusehen, wie ich mich in ihr versenke.

Aus Gründen, die sich mir nicht erschließen, dringen bei meinen Worten noch mehr Tränen aus ihren Augen, während sie mich mit einer Mischung aus Entsetzen und tiefer Trauer ansieht. Ihr Blick macht Dinge mit mir, die ich weder verstehe noch fühlen möchte, weswegen ich den Griff in ihrem Haar verstärke. »Schließ die Augen.«

Zu unser beider Glück tut sie es umgehend.

»Braves Mädchen«, flüstere ich, nachdem mir ein kehliges Stöhnen entkommt, und lege meine Hand an ihren Hals, damit ich erfühlen kann, wie tief ich in ihr bin.

Speichel benetzt meine gesamte Länge und läuft an ihrem Kinn hinab, während ihre Zunge und die Kontraktionen ihrer Kehle die perfekte Reibung erzeugen. Ich spüre, wie sich der vertraute Druck in meinen Lenden aufbaut, während ihre Nasenspitze immer wieder meinen Unterbauch berührt, weil ich mich vollständig in sie schiebe, bevor ich mich zurückziehe und wieder in sie stoße. Es ist ekstatisch, doch irgendetwas stimmt nicht.

Ich kann nicht kommen.

Egal, wie schnell, tief, langsam oder grob ich ihren heißen, nassen Mund ficke – es reicht nicht.

Es ist absurd, weil es doch genau das ist, wovon ich geträumt habe, seit ich diese Lippen zum ersten Mal geschmeckt habe. Damals erlaubte ich es mir nicht, weil ich nicht wollte, dass Winter diese Demütigung erdulden muss. Ich ertrug den Gedanken einfach nicht, dass sie vor mir auf dem Boden kniet, während ich in ihren Mund stoße und sie so benutze. Aber Winter war eine Lüge, weswegen meine Rücksichtnahme hinfällig ist.

Dennoch reicht es verdammt noch mal nicht, und das frustriert mich.

Mit einem wütenden Knurren lasse ich sie los und weiche vor ihr zurück.

November sieht nach Atem ringend zu mir auf, wobei sie stumm weint. Mit zitternden Muskeln hebt sie die Hände, die sie nun wieder bewegen kann, da ich nicht mehr auf der Kette stehe, und wischt sich den Speichel vom Kinn, bevor sie ein letztes Mal tief Luft holt und den Kopf leicht schüttelt.

»Das bist nicht du«, flüstert sie mit bebender, rauer Stimme und sinkt auf ihre Fersen. »Ich weiß nicht, wo du bist, aber *das* bist *nicht du*.«

Wütend und von ihren Worten verwirrt schließe ich meine Hose und greife schweigend nach der Kette, die senkrecht von der Rolle hängt, da ich sie nicht wieder am Haken befestigt habe. Mit einem kräftigen Ruck zerre ich November auf die Füße und hake die Kette wieder ein, bevor ich mich erneut zu ihr umdrehe. »Wage es nicht, dir anzumaßen, mich zu kennen«, sage ich drohend und gehe auf sie zu.

Als ich bei ihr angelangt bin, atmet sie noch immer zu schnell, erwidert meinen Blick aber mit Eiseskälte.

»Du hast nicht den Hauch einer Ahnung, November.« Ich lege den Kopf etwas schief. »Und wer weiß? Vielleicht bist du nicht die Einzige, die gut darin ist, eine Rolle zu spielen.«

Ihre Augen weiten sich leicht.

Ich weiß nicht mal, woher diese letzten Worte kamen, doch es ist mir auch egal. November soll leiden. Und wenn ich das mit einer Lüge erreiche, dann soll es mir nur recht sein.

Mit festem Griff packe ich erneut ihr Gesicht und neige ihren Kopf leicht zur Seite; einfach, weil ich es kann. Mein Daumen gleitet über ihre Lippen, die geschwollen und gerötet sind, und ich bohre meine Finger in ihre Wangen, wobei ich meinen Mund dicht an ihren bringe. »Wer weiß schon, was die Wahrheit ist, *Winter*?«

Ich presse meine Lippen auf ihre, um mit der Zunge in ihren Mund einzudringen und sie kurz, aber hart zu küssen, bevor ich sie von mir stoße und den Raum verlasse.

Bis der Alkohol mich endgültig ausknockt, versuche ich, mir den Orgasmus zu verschaffen, den Novembers Mund mir verwehrt hat. Doch es gelingt mir nicht.

Ganz egal, welche Bilder ich in meinem Kopf heraufbe-schwöre – da ist eine Blockade in mir, die mich nicht zum Höhepunkt kommen lässt, und das ist einzig und allein Novembers Schuld.

DREIZEHN
WINTER

Dante hat eine weitere Grenze überschritten. Eine, von der ich nicht dachte, dass er ihr jemals auch nur nah kommen würde.

Es gibt nur eine Sache, an die ich mich klammere, wenn er zu mir kommt, die Kette löst und meinen Mund benutzt: Er riecht jedes Mal nach Alkohol.

Dante kann mich nicht missbrauchen, wenn er nüchtern ist. Er muss sich vorher selbst betäuben, da er es sonst nicht schafft, so zu mir zu sein.

Auch die Tatsache, dass er es nicht zu Ende bringen kann, beruhigt mich auf beängstigende Weise. Etwas scheint ihn zu hemmen, und ich wage es, darauf zu hoffen, dass es sein Gewissen ist. Es würde bedeuten, dass er noch da ist, auch wenn das Monster in ihm neue Ausmaße angenommen hat und mich mit seinen messerscharfen Klauen quält.

· · ·

Robin weiß nichts davon. Zumindest nicht von mir, denn ich befürchte, dass er sich dann nicht mehr zurückhalten würde. Seine Wut auf Dante wächst mit jedem Tag, und das macht mich fertig. Die beiden waren beste Freunde. Trotz ihrer Gegensätzlichkeit liebten sie sich und waren füreinander da, aber Dante tut gerade alles dafür, um auch das zu zerstören.

»Wie lange?«, frage ich schläfrig, während Robins Finger sich mit sanftem Druck in meinen Nacken bohren, um eine der Verspannungen zu lösen.

Ich spüre seinen Unwillen, mir zu antworten, weshalb ich die Frage wiederhole, obwohl ich mich damit nur selbst quäle. »Wie lange bin ich schon hier drin, Robin?«

»Einundneunzig Tage«, erwidert er kaum hörbar.

Meine Kehle wird eng. Das bedeutet, dass ich nun schon länger von Dante gefoltert werde, als ich von ihm geliebt wurde.

Ich schlucke die Trauer darüber runter und schmiere mir etwas von der Fettcreme auf die Lippen, die Robin mir heimlich mitbringt, wenn er zu mir kommt. »Und wie lange noch?«

»Winter …«

Als ich mich umdrehe und in sein Gesicht schaue, ist ihm deutlich anzusehen, wie sehr das alles an ihm nagt. Da sind dunkle Ringe unter seinen Augen. Auf seinen Wangen liegt ein Bartschatten, weil er sich nicht mehr täglich rasiert. Die Haare sind wirr und der Blick ist stumpf.

Wenn *er* schon so aussieht, muss mein Anblick absolut erbärmlich und grauenvoll sein.

»Wie lange noch?«

Er hebt den Kopf und schaut mich an. In seinen Augen

stehen Schuld und Schmerz, doch er weiß inzwischen, dass ich nicht lockerlassen werde. »Wir sind keine Ärzte«, erklärt er und versucht damit, sich zu drücken. Als ich seinen Blick jedoch stur an meinen binde, atmet er aus und sieht weg, bevor er endlich antwortet. »Fünfzehn Wochen. Vielleicht siebzehn.«

Also beinah hundertzwanzig weitere Tage. So lange wird es noch dauern, bis das Baby zur Welt kommt.

Wir wissen beide nicht, was genau geschehen wird, doch die Geburt des Kindes wird Amandas Todesurteil sein. Und obwohl wir kein Wort darüber verloren haben, scheint Robin zu befürchten, dass es auch mein Ende sein könnte.

Hundertzwanzig Tage. Das sind unzählige Stunden. Endlose Minuten. Eine Ewigkeit an Sekunden, in denen ich weiterhin Dantes Misstrauen und seinem Hass ausgeliefert sein werde.

Immer, wenn die Verzweiflung mich zu übermannen droht, denke ich an die letzten vierzehn Jahre. Erinnere mich daran, dass ich das und Schlimmeres beinah mein gesamtes Leben lang ertragen habe und es schaffen kann, auch diese Zeit zu überstehen. Ich rede mir ein, dass Dantes Demütigungen nicht an die herankommen, die ich durch Victor und meinen Vater erfahren habe.

Aber tief in meinem Herzen weiß ich, dass sie um ein Vielfaches schlimmer sind, weil Dante mich im Gegensatz zu ihnen geliebt hat. Weil er *weiß*, was mir angetan wurde, auch wenn er mittlerweile zu denken scheint, dass nichts davon wahr ist. Ein Teil von mir ist sich sogar sicher, dass er mir noch glaubt. Ein winziges Bruchstück seiner Seele muss ganz genau wissen, dass ich nie gelogen habe, weshalb er ausgerechnet diese Dinge sagt und tut. Der Vertrauensmissbrauch von Amanda und sein daraus resultierender Hass machen ihn jedoch so blind, dass er nicht klar denken und darum Wahn und Wahrheit nicht voneinander unterscheiden kann. Denn der Dante, dem ich mein Leben anvertraut habe, nachdem er es rettete, hätte nie etwas gegen meinen Willen getan. Es hätte ihn zerrissen.

Und genau das scheint gerade zu passieren. Jedes Mal, wenn er zu mir kommt, scheint er etwas näher am Abgrund zu stehen. Jedes harte Wort, jedes grobe Zupacken, jeder Stoß in meinen Mund bringt ihn mehr und mehr um den Verstand, und ich weiß nicht, was passiert, wenn er stürzt. Denn eine gebrochene Seele kann heilen. Es braucht Zeit, Mut und Liebe, aber irgendwann werden die Wunden sich verschließen, und alles, was zurückbleibt, sind Narben und Erinnerungen.

Aber eine zerstörte Seele … Eine Seele, die so zersplittert ist, dass ihre Teile nicht mehr zusammengesetzt werden können, ist womöglich für immer verloren.

Seit einigen Tagen herrscht Dunkelheit. Robin muss das Licht ausschalten, wenn er geht, und lässt mich damit in tiefster Schwärze zurück. Es nagt an meinem Verstand. Wie messerscharfe Zähne gräbt sich das Fehlen von Licht in mich und droht, mich verrückt werden zu lassen.

Mit aller Macht halte ich an meinen Gefühlen für Dante fest. Es ist masochistisch und unvernünftig, ihn noch zu lieben, aber ich kann dieses Herz aus Gold, das in ihm schlägt, nicht loslassen. Wenn ich aufgebe, was ich für ihn empfinde, werde ich daran zugrundegehen. Wenn ich ihn aufgebe, wird da niemand mehr sein, der für ihn kämpft. Also halte ich durch, atme, kämpfe, denke an all die schönen Momente, die wir miteinander hatten, und bin tapfer, wie der Dante, der mich einst liebte, es von mir gewollt hätte.

Ich versinke gerade in der Erinnerung an den Nachmittag, an dem Dante stundenlang neben mir lag und mich einfach nur angesehen hat, als würde die Welt aufhören, sich zu drehen, sobald er den Blick abwendet. Es war so überwältigend, die Emotionen in seinen dunkelbraunen Iriden zu sehen, während sich die Sonne darin gebrochen hat. Ich weiß noch genau, wie sich mein Herz bei jedem Atemzug fast schmerzhaft zusammengezogen hat, weil es vor Glück übergelaufen ist. Vor Glück und Frieden und Liebe.

Die Erinnerung wird jäh beendet, als das Licht plötzlich angeht und ich meine Augen wegen des grellen Leuchtens schließe. Statt des Lichtschalters legt Dante inzwischen die Sicherung um, so dass das Öffnen der Tür mich nicht warnen und auf die plötzliche Helligkeit vorbereiten kann.

Dass er ein Meister darin ist, körperliche Schmerzen zuzufügen, wusste ich bereits. Doch nun zeigt er, dass psychische Folter um ein Vielfaches schlimmer sein kann und wie gut er auch dieses Spiel beherrscht.

Den Kopf senkend presse ich die Lider fest zusammen, als sich die Tür öffnet. Ich weiß, dass es nur Dante sein kann, weil Robin mich mit einem Klopfen warnt, bevor er das Licht einschaltet, damit ich mich auf die Helligkeit vorbereiten kann.

Jedes Mal, wenn Dante das tut, hasst ein Teil von mir ihn etwas mehr. Ich will es nicht, aber ich kann nichts dagegen tun, dass er es schafft, dieses Gefühl in mir auszulösen. Es ist eine unausweichliche Reaktion auf seine Taten, und egal, wie sehr ich mich dagegen wehre, ich kann sie nicht verhindern.

Blinzelnd hebe ich nach ein paar Sekunden den Kopf und sehe in Dantes Gesicht. Sein Blick ist kalt und beherrscht, und das wundert mich, da er in letzter Zeit zwar nicht häufig zu mir kam, dabei aber jedes Mal etwas getrunken hatte. Doch jetzt scheint er nüchtern zu sein.

Ein Hoffnungsschimmer will sich in mir entzünden, aber dann kommt er auf mich zu und hebt die Hände. Kurz bevor es wieder schwarz um mich wird, erkenne ich, dass er einen Streifen aus Stoff zwischen den Fingern hält. Bevor ich auch nur versuchen kann, ihm auszuweichen, legt Dante mir die Binde an und raubt mir somit auf eine neue Art die Fähigkeit, etwas zu sehen.

Das Wegbrechen eines weiteren Teils meiner Seele dröhnt in meinem Kopf, als er den Stoff an meinem Hinterkopf zuknotet und dann ohne Vorwarnung nach meinem Oberteil greift. Mit einem herzlosen Ruck zieht er daran, bis die Nähte nachgeben. Als es zu Boden fällt, fasst er an den Bund meiner Hose und zerrt sie mitsamt der Unterwäsche von meinen Beinen. Anschließend scheint er sich von mir zu entfernen, denn ich spüre die Wärme seines Körpers nicht mehr.

Es vergehen endlose Minuten, in denen ich nichts wahrnehme. Ich habe keine Ahnung, was er tut, doch ich vermute, dass er mich ansieht. Wie kalte Finger gleitet sein Blick über mich und lässt mich erzittern, weil ich mich so entblößt und schutzlos fühle.

Er geht zu weit. Mit dem, was Dante da tut, geht er zu weit und bricht mich. Er wird es schaffen. Wird mich zerstören, bis nichts mehr von mir übrig ist. Er wird erreichen, was er wollte, und ich werde daran zugrundegehen.

Seine Stimme lässt mich zusammenzucken, als er endlich spricht. »Weißt du, wie es sich anfühlt, wenn man etwas unbedingt will, es aber einfach nicht bekommt?«

Stirnrunzelnd schüttle ich den Kopf, weil ich keine Ahnung habe, worauf er hinauswill. Da ich ihm bisher immer alles von mir gegeben habe, muss es um die vermeintliche Wahrheit gehen, die ich nicht ausspreche. Es müssen die Worte sein, die er hören möchte, weil er mir nicht glaubt.

Plötzlich spüre ich seine Hand zwischen meinen Schenkeln. Ich habe nicht einmal gemerkt, wie er an mich herangetreten ist, weil er sich lautlos bewegen kann. Mein Atem stockt und ich zucke erneut zusammen, wage es jedoch nicht, mich seinem Griff zu entziehen.

»Du bist so stur, November«, sinniert er, während seine Finger beinah zärtlich über meine Schamlippen gleiten. »Stur und ausdauernder, als ich dachte. Wenn ich es nicht besser wüsste, würde ich fast glauben, dass deine Lügenmärchen doch wahr sind. Wie sonst solltest du das alles ertragen, hm?«

Ich wende mein Gesicht ab und schlucke schwer, während mit einem Mal Flashbacks in mir aufblitzen wollen. Entgegen allem, was Dante und ich erreicht haben, schießen Bilder von Victor durch meinen Kopf, und ich drohe, abzudriften. Meine Seele schmerzt regelrecht, weil sie plötzlich glaubt, es wären Victors Finger, die mich berühren.

Ein Wimmern kommt über meine Lippen, nachdem Dante seine Hand für einen Moment von mir genommen hat, um sie dann wieder an mich zu legen. Er verteilt warme Nässe auf meiner Haut und findet mit den Fingerspitzen den empfindlichen Punkt, den er besser zu bespielen weiß als ein Pianist sein Klavier.

In meiner Verzweiflung versuche ich instinktiv, mein Becken nach hinten zu schieben, doch seine andere Hand landet augenblicklich an meinem unteren Rücken und hält mich davon ab, indem sie mich an ihn presst.

»Dante …«

»Was ist?«, will er beinah spöttisch wissen. »Soweit ich mich erinnere, war es doch genau das, was du wolltest, oder nicht? Du wolltest, dass ich dich anfasse. Dass ich grob zu dir bin und dich ficke. *Sei nicht sanft*, hast du gesagt. Weißt du nicht mehr, *Winter*?«

Seine Worte verhöhnen mich noch mehr, als es sein Finger tut, der sich nun in mich schiebt. Und sie schmerzen auch mehr. Ich hätte nie gedacht, dass einfache Laute eine solche Zerstörungskraft besitzen, aber das, was Dante da sagt, ist grausamer als alles, was er bisher getan hat.

»Wenn es wahr ist, was du behauptet hast …« Er lässt einen zweiten Finger in mich gleiten und drückt mich dabei an seinen Körper, um seinen Mund an mein Ohr zu bringen. »Dann sollte dir das doch gefallen.«

Seine Worte sind kaum eine Sekunde verklungen, da begreife ich, dass ich verloren habe. Nicht nur ihn, sondern auch mich. Und in diesem winzigen Augenblick der Erkenntnis muss ich einsehen, dass es vorbei ist.

Der Mann, dem ich mein Herz geschenkt habe, ist fort, und ich werde mit ihm verschwinden. Es wird nicht schnell gehen und auch nicht einfach werden. Es wird langsam und qualvoll passieren, denn Dante will mich nicht töten. Er will mich leiden lassen, und das schafft er wie kein anderer, weil er trotz allem noch genau weiß, was er tun muss.

Mit grausamer Präzision bewegt er seine Finger und massiert mit dem Daumen meinen Kitzler. Es ist schrecklich, dass er diese Macht über meinen Körper hat, und ich habe keine Ahnung, wie lange ich mich dem widersetzen kann, was er tut. Meine Muskeln verkrampfen sich, als er einen weiteren Finger benutzt, um auch über meinen anderen Eingang zu streichen, und ich schluchze lautlos auf, weil ich nicht weiß, wie ich das aushalten soll. Wie ich ertragen soll, dass er mich zu dem hier zwingt, obwohl alles, was ich jemals von ihm wollte, seine Liebe war.

»Hör auf«, flehe ich kaum hörbar. »Dante, bitte …«

Meine Beine fangen an zu zittern. Ich spüre seinen Atem an meinem Hals und die Härte seiner Erektion an meiner Hüfte, weil er mich so fest an sich presst. Doch er lässt nicht von mir ab. Immer weiter und weiter bewegt er sich in mir, streichelt, massiert und reibt, bis ich gegen meinen Willen kurz davor bin, zu kommen.

Plötzlich zieht er die Finger aus mir und macht einen Schritt nach hinten. Ich stolpere nach vorn, und der Ruck an meinen Handgelenken lässt mich aufkeuchen, während mein Körper entgegen aller Vernunft nach der Erlösung schreit, die Dante mir soeben verwehrt hat.

Mein lauter Atem ist für eine lange Zeit das einzige Geräusch, während meine Tränen von der Augenbinde aufgesaugt werden. Ich spüre Dantes Blick auf mir, während ich zum ersten Mal in seiner Gegenwart haltlos weine.

Mir ist kalt. Ich bin müde. Mein ganzer Körper schmerzt. Und mein Herz ... Mein Herz zerfällt in meiner Brust zu einem Haufen Asche, während Dante kein einziges Wort sagt und scheinbar reglos vor mir steht. Mein gesamtes Sein bricht vor seinen Augen auseinander, doch er tut einfach *nichts*. Er steht nur da und sieht dabei zu, wie ich mich auflöse. Als wäre ich bedeutungslos für ihn. Als hätten wir im jeweils anderen nicht genau das gefunden, was wir zum Überleben brauchen. Als wäre da nicht einst Liebe in seinen Augen gewesen, wenn er mich angesehen hat.

Nach einer Zeit, die ich nicht beziffern kann, verebben meine Tränen, weil ich keine Kraft mehr habe. Schlaff hänge ich in den Ketten, die er physisch und psychisch um mich gelegt hat, und fühle mich dabei so leer, dass ich mich frage, ob ich überhaupt noch am Leben bin.

Irgendwann höre ich das leise Rascheln seiner Kleidung und spüre seine Körperwärme, als er erneut an mich herantritt. Mit festem Griff packt er mein Kinn und drückt meinen Kopf nach oben, doch ich reagiere nicht.

»Ihr habt mir alles genommen.« Seine Stimme ist dunkel und rau, während seine Lippen bei jedem Wort über meine streifen. »Aber weißt du, was mir den finalen Stoß versetzt hat? Womit du es endgültig geschafft hast, mich zu Fall zu bringen?«

Seine Zunge fährt über meine Lippen. Es ist eine fast

behutsame Geste, und für einen schmerzhaften Moment glaube ich, den wahren Dante vor mir zu haben. Seine Zähne streifen meine Haut, bevor sie sich beinah zögerlich in das weiche Fleisch meiner Unterlippe bohren.

»Indem du mein Vertrauen in dich missbraucht und dadurch zerstört hast. Denn damit habe ich dich verloren, Winter. Damit bist du für mich gestorben. Und ich hätte alles verlieren können. *Alles.* Man hätte mir nehmen können, was immer ich habe. Alles bis auf dich, Baby.«

Da schwingt etwas in seinen Worten mit, das mich an Schmerz erinnert, doch ich habe weder den Mut noch die Kraft, mich länger daran festzuklammern. Ich kann nicht mehr darauf vertrauen, dass Dante Wahn und Wahrheit endlich voneinander unterscheidet und bereut, was er tut. Erst recht nicht, da er erneut seine Hand an mich legt und seine Folter von eben wiederholt.

VIERZEHN
ROBIN

Er hat sie umgebracht.

Das ist das Erste, was mir durch den Kopf schießt, als ich den Raum betrete und Winters nackter Körper leblos von der Decke hängt.

Ihr Kopf ist gesenkt, das Kinn berührt die eingefallene Brust und ihre Augen sind verbunden. Die schneeweiße Haut wirkt noch durchscheinender als sonst, und ich wage es nicht, auch nur einen weiteren Schritt auf sie zuzugehen. Mein eigener Herzschlag ist so laut, dass ich nichts anderes mehr höre, bis ein leises Schluchzen an mein Ohr dringt.

Wie von Sinnen eile ich zu ihr, nehme ihr vorsichtig die Augenbinde ab und lege meine Hände an ihre Wangen, um ihren Kopf anzuheben und in ihr Gesicht zu blicken.

Winter sieht mich aus tränennassen Augen an, wobei ihr Blick stumpf und leer ist.

»Was hat er getan?« Meine Stimme ist kaum hörbar

und zittert, weil ich eine Scheißangst habe und zugleich vor Wut koche.

Ich will die Antwort nicht hören, aber ich muss, damit ich endlich eine Rechtfertigung habe, um ihn zu töten. Denn selbst, wenn er mal mein Freund war – jetzt ist er nur noch ein Monster, das zu Abartigem fähig und völlig außer Kontrolle ist.

»Hat er –«

»Nein«, unterbricht Winter mich und deutet ein Kopf-schütteln an, bevor sie tief Luft holt. »Noch nicht.«

Galle steigt meine Kehle hinauf, während etwas in mir zuschnappt. »Es reicht«, bringe ich leise hervor. »Das muss aufhören.«

Winter holt zitternd Luft. »Robin … Nein.«

Ich lasse sie los und trete zurück, um mir die Haare zu raufen, bevor ich zu dem Haken an der Wand gehe, um Winter runterzulassen. »Ich bringe dich von hier weg.«

»Das kannst du nicht machen. Das Baby …«

Wütend drehe ich mich zu ihr um und fange ihren Blick mit meinem. »Und was ist mit *dir*?«, fahre ich sie an. »Ich weiß nicht mal, ob dieses Kind überhaupt von mir ist! Aber du … Du bist *meine Freundin* und *real* und *lebst*, und das soll auch so bleiben.«

Viel zu lange habe ich zugelassen, was hier passiert. Selbst wenn ich es nicht schaffen sollte, das Baby ebenfalls zu retten, muss ich zumindest Winter rausholen. Sie hat nichts von dem, was Dante ihr antut, verdient. Amanda hat sie zu einem Spielball gemacht und ihr damit nur noch mehr Leid zugefügt, und das hat sie verdammt noch mal nicht verdient.

Bisher war ich zu feige, mich dieser Entscheidung zu

stellen. Es hat mir Angst gemacht, eine Wahl treffen zu müssen, aber ich kann das nicht länger mitansehen. Ich ertrage es kein weiteres Mal, in diesen Raum zu kommen und nicht zu wissen, was mich erwartet.

Mir ist egal, ob Winter noch immer darauf hofft, Dante irgendwie zurückholen zu können. Sie wird es nicht schaffen. Er ist verloren, und wenn ich sie auch nur einen Tag länger bei ihm lasse, wird sie es auch sein.

»Er wird mich nicht töten, Robin«, sagt sie zum wiederholten Mal und schafft es sogar jetzt noch, einen entschlossenen Gesichtsausdruck aufzulegen, obwohl ich in ihren Augen erkennen kann, dass er sie gebrochen hat. Er hat es zu weit getrieben mit seiner Folter, und doch glaubt sie noch daran, dass sie recht behält. Dabei muss selbst sie inzwischen eingesehen haben, dass dies das Ende ist. Dass Dante zu jemandem geworden ist, der vor nichts mehr zurückschreckt und sie vermutlich auf ewig foltern wird.

Ich lasse die Kette langsam über die Umlenkrolle gleiten, obwohl es mich meine ganze Beherrschung kostet, Winter nicht augenblicklich und so schnell wie möglich von hier wegzubringen. »Vielleicht wird er das nicht tun«, gebe ich ihr wütend recht. »Aber ich werde nicht dabei zusehen, wie er dich vergewaltigt.«

Bei meinen Worten schluckt Winter sichtlich, wobei sie auf den Boden sinkt. Selbst jetzt versucht sie noch, ihre Schmerzen vor mir zu verbergen, und ich bin kurz davor, sie zu packen und zu schütteln, damit sie endlich zur Vernunft kommt.

»Erzähl mir von dem Baby«, bittet sie und will mich damit offensichtlich ablenken.

Fassungslos starre ich sie an, bis ich es endlich schaffe,

mich zu regen und den Schlüssel aus der Hosentasche zu ziehen, um sie von der Kette zu befreien. Sie weiß genau wie ich, dass Dante uns beobachtet. Die Kamera hing schon immer hier drin. Er benutzt sie, um sicherzugehen, dass ich mich an seine Regeln halte, wenn ich bei Winter bin. Es ist widerwärtig, doch mit einem Mal bin ich es leid, mich seinen kranken Anweisungen länger zu unterwerfen. Soll er doch sehen, was ich vorhabe. Soll er kommen und versuchen, mich aufzuhalten. Ich werde nicht mehr tatenlos dabei zusehen, wie er die Frau, die ihn trotz allem bis zuletzt geliebt hat, quält.

Ich gehe vor ihr in die Hocke, um das Schloss zu öffnen. Anschließend schleudere ich es von mir und ziehe meinen Pullover aus.

»Robin …«

Den verwirrten Ton in Winters Stimme ignorierend raffe ich den Stoff, um ihn ihr über den Kopf zu ziehen.

Sie winkelt ihre Arme an und versucht so, mich aufzuhalten. »Was soll das?«

Frustriert presse ich die Kiefer aufeinander und lasse die Hände sinken. »Du kannst nicht länger von mir erwarten, dass ich das zulasse«, mache ich ihr klar. »Es ist genug, Winter.«

Sie schlingt die Arme um sich und schüttelt den Kopf. »Tu es nicht, Robin.«

Ich verstehe sie nicht. Ich kann einfach nicht begreifen, was in ihrem Kopf vorgeht und wieso sie nicht gehen will. Wieso sie weiterhin bleiben und das hier ertragen will. Es ist dumm und selbstzerstörerisch.

»Du wirst alles nur schlimmer machen«, spricht sie weiter. »Er wird mich finden. Und dann wird er mich wieder herbringen und es wird alles noch viel, viel schlimmer.«

Sprachlos und völlig entsetzt starre ich sie an, während neue Tränen aus ihren Augen treten.

»Und er wird dich hassen«, murmelt sie, wobei sie mich flehend ansieht. »Also bitte ... Tu es nicht. Ich kann das aushalten.«

Ich sacke auf die Knie. »Es ist mir egal, ob er mich hasst«, erwidere ich verwirrt, weil es sich mir nicht erschließt, wieso ihr das so wichtig ist.

»Aber das sollte es nicht sein.«

Kopfschüttelnd betrachte ich ihr Gesicht, bevor mein Blick über ihren geschundenen Körper wandert. Die Wunde an ihrem Hals ist zu einer grässlichen Narbe geworden, die mich tagtäglich an das erinnert, was Dante ihr angetan hat. Die Schnitte auf ihrem Bauch sind ebenfalls verheilt, aber auch das war nur eine der vielen Gräueltaten von ihm, die sie erdulden musste. Und trotzdem ...

»Du liebst ihn immer noch«, entkommt es mir kaum hörbar, obwohl ich hoffe, dass sie verneint. Dabei kenne ich die Antwort bereits.

»Es wird nicht aufhören«, bringt sie leise hervor. »Egal, wie sehr ich ihn hasse, ich kann nicht aufhören, ihn ...«

Zu lieben.

Die Stimme versagt ihr, während mir klar wird, dass ich dagegen nichts ausrichten kann. Es ist egal, wie lange ich auf Winter einrede. Selbst, sie fortzubringen, würde nichts an ihren Gefühlen ändern. Weil das Herz nicht einfach aufhört, für jemanden zu schlagen, nur weil er verschwunden ist. Und Winters Herz hat einzig und allein für Dante geschlagen.

Ergeben lasse ich den Pullover aus meinen Fingern gleiten, während Winter stumm weint.

»Vielleicht …« Sie zieht die Nase hoch und holt tief Luft. »Vielleicht wird er es irgendwann erkennen, Robin. Vielleicht erinnert er sich oder begreift, dass ich die Wahrheit sage. Vielleicht –«

Ich beuge mich vor und umschlinge sie mit meinen Armen, um sie fest an meine Brust zu drücken. Ihr Körper bebt von den Schluchzern, die nun haltlos aus ihr kommen, während ich sie halte, über ihr Haar streiche und das Einzige mache, was ich noch tun kann: für sie da sein.

FÜNFZEHN
WINTER

Das Klicken des Türschlosses lässt mich aufschrecken. Da ich die Augenbinde wieder trage, kann ich nicht sehen, wer es ist, doch nachdem die Tür mit voller Wucht zugeworfen wird, ist Dantes keuchender Atem das einzige Geräusch, das den Raum erfüllt.

Sofort stellen sich die Härchen an meinen Armen auf und ein Schaudern durchläuft mich. Nicht vor Angst. Ich weiß inzwischen mit makabrer Sicherheit, dass Dante nicht weiter gehen wird, als er es bisher getan hat. Nein, das ist es nicht.

Es ist Sorge.

»Dante?«

Er reagiert nicht. Einzig das viel zu heftige Keuchen ist deutlich zu hören, doch es ist nicht näher gekommen, weshalb ich vermute, dass er noch an der Tür steht.

»Was ist los?«, frage ich mit einem Zittern in der Stimme und wünsche mir zum ersten Mal seit Langem, ihn sehen zu können. »Geht es Robin gut? Ist etwas mit den Tieren?«

Sein Atem stockt für einen Moment, bevor ich seine Schritte höre, die sich auf mich zubewegen. Ohne Vorwarnung reißt er mir die Augenbinde vom Kopf, als er bei mir angelangt ist.

Ich blinzle ein paarmal, bis meine Sicht sich schärft. Dann lasse ich meinen Blick über ihn gleiten.

In Dantes Gesicht steht Schmerz. Purer, alles umfassender Schmerz. Das Hemd, das er trägt, schimmert nass, und seine Hände … Von den Fingerspitzen bis zu den Ellenbogen ist alles voller Blut. Er sieht aus, als hätte er darin gebadet, und mir wird augenblicklich übel.

»Dante … Was ist passiert?«

Ich sehe wieder zu ihm hoch. Seine dunklen Augen brennen vor Leid, als er meinen Blick erwidert, wobei er noch immer zu schnell Luft holt.

»Rede bitte mit mir«, flehe ich ihn an.

Er mag mich gequält und verstümmelt haben, aber ich ertrage es dennoch nicht, dieses Grauen in seinen beinah schwarzen Iriden zu sehen. Ich würde alles dafür geben, um meine Hände an sein Gesicht legen zu können, und in einem Anflug von Verzweiflung versuchen meine Arme sogar, sich zu senken, doch das leise Klirren der Kettenglieder ist alles, was darauf folgt. Hilflos stehe ich vor ihm, während er auf mich hinabblickt und sein Atem sich auf meinem Gesicht bricht.

»Wessen Blut ist das?«

Er blinzelt verwirrt, als würden meine Worte ihn erst jetzt erreichen, und sieht nach unten auf seine Hände. Es wirkt, als hätte er nicht gemerkt, dass er blutüberströmt ist, und das macht mir noch mehr Angst.

»Amandas«, antwortet er irgendwann, hält den Blick aber weiterhin gesenkt.

Ich schnappe nach Luft. »Du … Hast du sie …« Mir bricht die Stimme weg. Mit aller Macht schlucke ich den Kloß in meinem Hals runter und versuche es erneut. »Was ist mit dem Baby?«

Dante sieht wieder auf. Der Ausdruck, der in seinen Augen steht, raubt mir dabei schier den Atem.

Er weint.

»Die Nabelschnur«, sagt er tonlos. »Sie hat sich um ihren Hals gewickelt.«

»Ihren?«, wiederhole ich kaum hörbar.

»Es war ein Mädchen.«

War.

Unendlicher Schmerz steigt in mir auf, als mir klar wird, was er damit meint. Als mir klar wird, was geschehen ist und dass Dante …

Er hat versucht, das Kind zu retten. Und es nicht geschafft.

»Robin …«, bringe ich mit brüchiger Stimme hervor, während sich auch in meinen Augen Tränen sammeln. »Wo ist er? Wie geht es ihm?«

Dante schüttelt den Kopf. »Draußen. Am Stall«, antwortet er, wobei Angst in seinen Worten mitschwingt.

»Er weiß es nicht«, sage ich zusammenhanglos. »Du hast es ihm nicht gesagt. Du hast ihm nicht gesagt, dass du –«

Dantes Hand schießt nach vorn und legt sich auf meinen Mund, bevor er den Kopf schüttelt.

Er muss es ihm sagen. Er *muss* einfach, weil Robin ihn sonst hasst. Wenn Dante ihm nicht verrät, was ich herausgefunden habe, als ich seinen Computer bereinigt habe, wird Robin ihm nicht glauben, dass er versucht hat, das Baby zu retten. Er wird denken, Dante wäre durchgedreht und hätte Amanda und das Kind einfach abgeschlachtet – denn ich mache mir nicht die Illusion, zu glauben, dass Amanda noch am Leben ist.

Ich drehe den Kopf und schaffe es tatsächlich, Dantes Hand so abzuschütteln. Allein das ist Beweis genug dafür, dass das, was geschehen ist, ihn völlig aus der Bahn wirft. Es ist zu viel für ihn. Zu viel Leid. Zu viel Schmerz. Zu viele Qualen. Er erträgt es nicht mehr, sonst würde er nicht so vor mir stehen.

Was gerade in ihm vorgeht, lässt ihn für einen Moment vergessen, wer ich bin. Es lässt ihn seine Abscheu und die Wut vergessen. Es lässt ihn vergessen, dass er mich leiden sehen will, weil er gerade so verletzt ist.

»Er wird mich hassen.«

Die Worte sind eine simple Feststellung, doch sie brennen sich in mich, als hätte man mich mit Lava übergegossen.

Ich schüttle den Kopf und versuche, mich etwas nach vorn zu lehnen. Es tut höllisch weh, aber so sehr ich Dante auch für das verabscheue, was er getan hat, ist es kaum auszuhalten, ihn so zu sehen.

»Das wird er nicht«, widerspreche ich ernst. »Aber er wird dir nicht glauben, wenn du es ihm nicht endlich sagst.«

Erneut wirkt es, als wäre Dante für ein paar Sekunden abgedriftet, als er die Stirn runzelt und den Kopf neigt, wobei noch immer vereinzelte Tränen aus seinen Augen treten. »Du hast es ihm nicht gesagt.«

Wieder schüttle ich den Kopf. »Nein. Natürlich nicht.«

Die Falten auf seiner Stirn werden noch tiefer, als er eine Hand hebt, sie an meine Wange legt und meinen Kopf nach hinten neigt, um mich genauer zu betrachten. Dabei stehen Verwirrung und Unglaube in seinem Blick, während er mein Gesicht mustert, als würde er es zum ersten Mal sehen. »Wieso?«

»Weil es mir nicht zusteht«, antworte ich wahrheitsgetreu. »Es ist nicht mein Geheimnis, Dante. Es ist deins.«

Die Berührung seiner Hand brennt auf meiner Haut und bringt alles, was in mir vorgeht, durcheinander. Angst drängt sich wegen dem, was er mir in den letzten Monaten angetan hat, an die Oberfläche. Zugleich flackert meine Liebe zu ihm auf und hofft, dass dieser Moment etwas bewirken könnte. Dass der Schmerz, der gerade in Dantes Augen steht, ihn irgendwie zu mir zurückbringen kann, wenngleich dieser Wunsch grausam und barbarisch ist.

Sein Blick heftet sich wieder an meinen, während er mich Ewigkeiten lang wortlos ansieht. Ich kann nicht lesen, was in ihm vorgeht, doch die Tränen auf seinen Wangen trocknen, bevor etwas in seinen Iriden aufflackert, das mich nach Atem ringen lässt.

Abrupt lässt Dante mein Gesicht los und greift an die Rückseiten meiner Oberschenkel. Einen Wimpernschlag später kracht mein Becken gegen seins, während seine Lippen auf meine prallen. Sein linker Arm schlingt sich um meinen Körper, bevor seine rechte Hand zwischen uns gleitet.

Ich bin so überrumpelt und verwirrt von dem, was er

tut, dass ich gar nicht reagieren kann. Meine Handgelenke brüllen, weil sich meine Arme instinktiv um Dantes Hals legen wollen, die Kette mich aber davon abhält. Auch meine Lippen und meine Zunge handeln eigenmächtig und erwidern Dantes Kuss, der hart, ungezügelt und beinah verzweifelt ist.

Etwas in mir schluchzt auf, weil es sich für den Moment so anfühlt wie damals, wobei ich das Klirren von Dantes Gürtelschnalle höre.

»Lass sie los.«

Wir erstarren, als Robins Stimme durch den Raum hallt. Dante löst sich schwer atmend von meinem Mund und sieht mich mit glühenden Augen an, doch ich wende den Blick ab und schaue über seine Schulter hinweg zur Tür.

Robin steht nur wenige Meter entfernt und richtet eine Waffe auf uns.

»Dante«, sagt er drohend. »Wenn du sie nicht sofort runterlässt … Ich schwöre bei Gott, ich drücke ab.«

Mein Herz wird jeden Augenblick explodieren. In meinem Kopf überschlagen sich die Gedanken, während ich fieberhaft überlege, wie ich Robin dazu bringen kann, die Waffe zu senken, da er die Situation völlig falsch deutet.

»Lass mich runter«, flüstere ich Dante zu, doch er rührt sich nicht. Er muss wahnsinnig geworden sein, wenn er glaubt, er könnte einen Schuss aus nächster Nähe überleben, der darauf ausgerichtet ist, ihn zu töten.

»Winter.« Robins Blick fliegt immer wieder kurz zu mir. »Bist du okay?«

Ich nicke mechanisch, bis mir klar wird, dass er das

Blut an Dantes Armen sieht und womöglich glaubt, es wäre meins.

»Es geht mir gut«, füge ich schnell an und versuche dabei, mich irgendwie aus Dantes Griff zu winden. »Es … Es ist nicht mein Blut.«

Robin legt den Kopf schief, lässt die Waffe jedoch nicht sinken. Ich kann sehen, wie er meine Worte in Gedanken zusammensetzt. Und wie ihn das Entsetzen packt.

»Dante … Woher kommt das Blut?«, fragt er tonlos, obwohl er die Antwort bereits kennt.

Als keiner von uns etwas erwidert und Dante sich nicht rührt, dringt ein Schrei aus Robins Kehle, der mich bis ans Ende meiner Tage verfolgen wird. Seine Arme sinken hinab, und er sackt auf die Knie, wobei er den Kopf hängen lässt. Er schlägt die Hände vors Gesicht, während sich sein ganzer Körper zu verkrampfen scheint. In diesem Augenblick sieht er so schrecklich gebrochen aus … So verletzlich und klein …

Ein letztes Beben geht durch ihn, bevor er ruckartig aufsteht und auf uns zugeht.

Dante reagiert blitzschnell. Von einer Sekunde auf die andere steht er neben mir und hält die Mündung seiner Pistole an meine Schläfe, wobei er sich Robin zugewandt hat. »Es tut mir leid, Robin«, erklärt er ruhig. »Ich konnte nichts mehr tun.«

Robin hält inne, zielt aber wieder auf Dante.

Das hier ist so falsch … Alles daran ist so gottverdammt *falsch*, und ich weiß nicht, was ich tun soll. Robin wird Dante umbringen, wenn ich nichts unternehme, aber der hält das kalte, harte Metall einer Waffe gegen meinen

Kopf, weil er genau weiß, dass er Robin damit in der Hand hat.

Die Situation ist so ausweglos, dass ich vor Entsetzen und Hilflosigkeit wie erstarrt bin, bis ich keine andere Möglichkeit mehr sehe und zu sprechen beginne.

»Robin«, sage ich leise und so ruhig, wie ich nur kann. »Tu es nicht. Du willst das doch gar nicht …«

Sein Blick springt von Dante zu mir und wieder zurück, während blanker Zorn in seinen Augen steht. »Es könnte *mein Kind* gewesen sein, Winter! Und er … Er hat es –«

»Dante«, bringe ich atemlos hervor. »Sag es ihm endlich.«

Doch er schweigt, wobei sich sein Griff verstärkt.

»Was soll er mir sagen?«

»*November* …«

»Das Baby … Sie war seine Nichte, Robin.«

Meine Worte stehen zwischen uns und scheinen die Zeit anzuhalten. Dennoch spüre ich, wie Dante sich neben mir verkrampft, während Robin mich fassungslos ansieht. Er versucht, das Gesagte zu verarbeiten, doch es gelingt ihm nicht.

Neben mir wird Dantes Atem schwerer, aber ich musste es tun. Ich musste Robin sagen, was ich weiß, weil ich Dantes Leben nicht aufs Spiel setzen kann, nur weil er aus Gründen, die sich mir nicht erschließen, schweigt.

Die Stille erdrückt mich beinah, bis sich Robins Gesicht auf grausame Weise verzerrt. »Was hast du da gesagt?«

Ich schlucke schwer und hole Luft. »Nimm die Waffe runter. Bitte.«

Er schüttelt wütend den Kopf und tritt einen Schritt näher. »Sag mir, was du damit gemeint hast, Winter!«

Die Mündung von Dantes Waffe drückt sich erbarmungslos gegen meine Schläfe, doch ich ignoriere sie, als ich ausspreche, was er Robin schon viel früher hätte verraten müssen.

»Er ist dein Halbbruder.«

SECHZEHN
WINTER

Die Erde scheint sich nicht mehr zu drehen, während mir klar wird, dass ich gerade das einzig Richtige und zugleich den größten Fehler überhaupt gemacht habe.

Robin wird Dante nichts tun. Nicht jetzt, da er weiß, dass sie Brüder sind.

Doch Dante wird mir das nicht verzeihen.

Für einen winzigen Moment bestand die Möglichkeit, dass er mich wieder sieht. Dass er Winter erkennt, die vor ihm steht und keine Lüge war. Ich habe es auf seinen Lippen geschmeckt. Habe gespürt, dass er kurz davor war, durch den Schleier seiner Wut zu blicken, um zu erkennen, dass alles, was ich gesagt habe, die Wahrheit war.

Aber mit meinen Worten habe ich das vernichtet. Indem ich dieses Geheimnis aufgedeckt habe, obwohl er es nicht wollte, habe ich das letzte bisschen Vertrauen, das noch irgendwo in ihm gelebt haben muss, endgültig zerstört.

»Es tut mir leid«, flüstere ich, wobei ich nicht mal genau weiß, an wen ich es richte. Tränen rinnen über mein Gesicht, während ich in Robins Augen blicke, die vor Unglaube geweitet sind. Es schmerzt so sehr, zu beobachten, wie er realisiert, dass Dante – der Mann, der zu Unaussprechlichem fähig ist – sein Bruder ist und das jahrelang vor ihm geheimgehalten hat.

»Das ist nicht möglich«, sagt er irgendwann leise und sieht Dante dabei an, als würde er ihn zum ersten Mal erblicken. Dabei ist es so offensichtlich. Die beiden haben die gleiche Nase. Dieselbe Augenform. Ihre Kiefer verkrampfen sich auf identische Weise, wenn sie wütend sind. Jedes Mal, wenn Robin zu mir in den Keller kam, war es wie eine weitere Folter, weil er mich so schmerzhaft an Dante erinnert hat, dass ich ihn kaum ansehen konnte.

Doch Robin scheint es noch immer nicht glauben zu können.

Da ich bereits verloren habe, beschließe ich, dass es keinen Unterschied mehr macht, ob ich weiterspreche oder nicht. »Ihr habt denselben Vater«, erkläre ich mit brüchiger Stimme. »Er hat –«

Dantes Hand legt sich auf meinen Mund. »Genug«, bringt er grollend hervor und bestätigt somit meine Befürchtung.

Robins Gesichtsausdruck verändert sich. Wo eben noch Unverständnis und Verwirrung standen, wird Wut immer deutlicher. »Du ...«, sagt er voller Abscheu an Dante gerichtet. »Wir sind keine Brüder.«

Die Finger an meiner Wange zucken kaum merklich und zeigen mir damit, wie sehr diese Worte Dante treffen, aber er lässt sich nichts anmerken.

»Und du.« Robin sieht zu mir. »Du *wusstest* es?«

Meine Kehle verkrampft sich, doch ich deute ein Nicken an, soweit Dantes Griff es zulässt.

Erneut breitet sich Schweigen zwischen uns aus, während Wellen aus Zorn von Robin ausgehen und sich schwer über uns legen. Er fühlt sich verraten. Von Dante. Aber vor allem von mir.

Von seinem mordenden Freund hat er nichts anderes erwartet. Aber zwischen uns beiden hat sich in den letzten Monaten eine ganz andere Art von Freundschaft entwickelt, die ich mit meinem Schweigen nun auf einen Schlag zerstört habe.

Robin schüttelt den Kopf und macht ein paar Schritte zurück. »Ihr seid für mich gestorben. Alle beide.« Dann wendet er sich ab und geht.

Ich will ihm hinterherrufen. Ihm sagen, dass es mir leidtut und er nicht gehen darf. Dass ich ihn brauche und auch Dante es nicht ertragen wird, wenn er jetzt verschwindet, aber ich kann kein Wort herausbringen, weil Dantes Hand noch immer eisern über meinem Mund liegt. Hilflos lausche ich Robins Schritten, die immer leiser werden, bis meine erstickten und gedämpften Schluchzer das Einzige sind, was noch zu hören ist.

»Das hättest du nicht tun sollen«, erklärt Dante irgendwann mit tödlichem Unterton in der Stimme, bevor er mich loslässt.

Ich hole tief Luft, senke den Kopf und blicke zu Boden, weil ich jetzt alles verloren habe.

Amanda, die meine Freundin hätte sein sollen, war von Anfang an mein Feind.

Für Dante bin ich nicht mehr als der Beweis dafür, dass

er niemandem vertrauen kann.

Und Robin … Robin, der in den dunkelsten Stunden an meiner Seite stand und mit allen Mitteln versuchte, es irgendwie erträglicher für mich zu machen … Er hasst mich jetzt, weil ich ihm etwas so Essenzielles verschwiegen habe.

Dantes Blick ruht noch auf mir, als ich den Kopf nach Ewigkeiten wieder hebe und ihn erschöpft und gebrochen ansehe. In seinen Augen steht Abscheu, doch nicht einmal das kann mich noch treffen.

»Du hast gewonnen«, sage ich matt. »Es ist vorbei.«

Er legt den Kopf schief, erwidert jedoch nichts. Auch sein Gesichtsausdruck ist völlig leer, bis er den Abstand zwischen uns überbrückt. Er hebt die Hand mit der Waffe und drückt die Mündung gegen mein Kinn, um es anzuheben. »*Ich* entscheide, wann es vorbei ist, November.«

Da sind nicht mal mehr Tränen, die mir aus den Augen treten könnten, als ich ihn ansehe, während in mir alles stirbt. »Dann entscheide. Aber hör auf, mit mir zu spielen. *Es ist vorbei.*«

Seine Kiefer verkrampfen sich, die Lippen sind fest aufeinandergepresst. Er ist wütend, doch offenbar habe ich mit meiner Kapitulation einen wunden Punkt getroffen. Aber selbst das ändert für mich nichts mehr. Es gibt nichts, wofür ich noch kämpfen könnte. Ich bin wieder genau da, wo Dante mich vor einer gefühlten Ewigkeit gefunden hat: Allein, mit einer erdrückenden Leere in mir, Unmengen an Schmerz und dem Wunsch, zu sterben. Und es ist irgendwie verrückt, weil Dante, der mich damals gerettet hat, es nun geschafft hat, jegliches Leben in mir erlöschen zu lassen.

SIEBZEHN
WINTER

Die Zeit ist ein verrücktes Konstrukt. Sie rinnt einem durch die Finger, vergeht quälend langsam, läuft davon oder spielt uns Streiche. Mal kann sie nicht schnell genug verstreichen, und manchmal wünschen wir uns, sie würde stehenbleiben. Aber wirklich verstehen kann man sie nur, wenn man sie misst. Nur, wer eine Uhr oder zumindest Sonne, Mond und Sterne hat, weiß, was die Zeit gerade tut. Wo sie steht; wie schnell sie vergeht; wie viel einem noch bleibt.

Ich habe nichts davon.

Die Zeit wird zu meinem ärgsten Feind. Denn hier unten in diesem Keller – in diesem Verlies, in dem ich an Ketten hänge, seit der Stall in Flammen aufgegangen ist – ist sie alles, was mir noch geblieben ist, und doch gibt sie mir nichts.

Ich kann und will an nichts mehr festmachen, wie viele

Tage, Wochen oder Monate vergangen sind. Es ist mir egal. So wie alles andere.

Amandas Verrat ist mir egal. Robins Verschwinden ist mir egal. Die Misshandlungen, die ich von zu vielen Menschen in meinem Leben ertragen musste, sind mir egal. Sogar Dante ist mir egal, weil die Zeit, die ich hier verbringen musste, alles, was ich für ihn an Liebe in mir hatte, langsam aber sicher vernichtet hat.

Alles, was noch mit mir in diesem Raum existiert, ist der Wunsch, zu sterben.

Aber Dante lässt mich nicht.

Er zwingt mich, zu essen, und flößt mir Wasser ein, weil ich auch das verweigere. Wenn ich zu wenig von dem in mir behalte, was er mir gibt, legt er einen Venenkatheter und hängt eine Infusion an.

Doch egal, was er tut, er redet kein einziges Wort mit mir.

Ich weiß nicht, was seine Intention ist. Wieso er mich so dringend am Leben halten will und warum er nicht spricht. Eine weitere Art der Folter kann es nicht sein, denn abgesehen davon tut er *nichts*.

Vor einer Zeit, die ich nicht beziffern kann, hätte ich mir in jeder freien Minute den Kopf darüber zerbrochen, was in ihm vorgeht. Ich hätte mich gefragt, ob das die nächste Stufe der Bestrafung ist, die er glaubt, mir zuteilwerden lassen zu müssen. Vielleicht hätte ich sogar darauf gehofft, dass ein Teil von ihm doch noch zu retten ist.

Aber das ist alles Vergangenheit.

Dante hat mit dem, was er getan hat, zerstört, was zwischen uns war. Er hat mich eingesperrt und erniedrigt. Hat mich körperlich und seelisch verletzt. Er hat mich wie

Dreck behandelt, mich missbraucht und die Freundschaft zwischen Robin und mir ausgenutzt, um ihn zu erpressen. Und er hat bis zum Schluss nicht den Mut gehabt, Robin zu sagen, dass er sein Bruder ist, und so die Wahrheit vor ihm verborgen, wodurch er mich dazu gezwungen hat, Robins Vertrauen in mich zu zerstören.

Dante hat alles kaputtgemacht. Und ich habe keine Kraft mehr, um noch an ihn oder das, was wir hatten, zu glauben. Ich habe keine Kraft mehr, um auch nur eine weitere Sekunde lang zu hoffen, meine Liebe würde reichen, um ihn zu retten.

ACHTZEHN
DANTE

Amandas Leiche ist nur noch ein Haufen Asche, der seinen Weg auf eine Müllhalde gefunden hat.

Robin ist verschwunden, und ich befürchte, dass er nicht so schnell wiederkommt. Falls er überhaupt zurückkehren wird.

Neben dem neuen Stall habe ich einen Teil der Wiese abgezäunt. Zwei kleine Apfelbäume stehen so, dass ihre Äste wie Wächter über dem Stein aus weißem Marmor hängen, unter dem ich den Sarg in die Erde eingelassen habe.

Sie war tatsächlich seine Tochter. Dieses winzige Menschlein, das nie einen Atemzug hat nehmen können, war Robins Tochter und somit meine Nichte.

Als ich sie aus Amandas Bauch schnitt und somit deren Todesurteil vollstreckte, weil ich keinen Herzschlag mehr auf dem Ultraschall sehen konnte und die Wehen schon Stunden zuvor eingesetzt hatten, dachte ich, das wäre das

Schrecklichste, was ich je tun würde. Auch als ich mit in Blut getränkten Händen versuchte, ihr kleines Herz irgendwie zum Schlagen zu bringen, und immer wieder Luft in ihre Lunge blies, glaubte ich, es könnte nichts Schlimmeres geben. Selbst als ich nach einer Stunde einsehen musste, dass es sinnlos ist, und ich am Tag darauf beschloss, eine Probe zu entnehmen, um mithilfe eines DNA-Tests zumindest für Robin Gewissheit zu erlangen, und mich danach übergeben musste, glaubte ich, es könnte nicht unerträglicher werden.

Oh, was habe ich mich geirrt.

Ich musste einen Sarg auswählen.

Ich musste ihren zarten, kleinen Körper waschen und ihn in eine weiche Decke einwickeln, damit sie unter der Erde nicht friert.

Ich musste das Loch graben und einen Stein anfertigen lassen, auf dem kein Name und nur ein einziges Datum steht.

Und am Ende musste ich sie begraben.

Es war der grauenvollste Tod in meinem Leben. So sinnlos. So gnadenlos. So ohne Grund und Antworten auf das Warum.

Robins Tochter war das Reinste und Schönste, was ich je gesehen habe. Und dennoch ist sie tot. Weil ich sie nicht retten konnte. Weil ich zu spät gemerkt habe, dass etwas nicht stimmt. Weil ich zu wütend, stur, arrogant und gottverdammt selbstsüchtig war, um einen Rettungswagen zu rufen oder Amanda ins Krankenhaus zu bringen.

Ich habe meine Nichte getötet, bevor sie überhaupt gelebt hat, und das ist das Unverzeihlichste, was ich je getan habe.

Während ich an ihrem Grab stand, gab ich ihr ein Versprechen. Ich schwor, dass niemals wieder jemand durch meine Hand sterben wird. Egal, wer, egal, was er getan hat – ich werde kein Leben mehr beenden.

Ich kann damit nicht gutmachen, was geschehen ist. Nichts und niemand kann diese Schuld von mir nehmen, die nun auf meinen Schultern lastet und mehr wiegt als all die Morde, die ich je begangen habe. Denn vermutlich habe ich genau das verdient: ein Leben voller Schuld.

Und mein verfluchtes Gewissen will mir wegen dem, was ich November angetan habe, noch mehr davon aufbürden.

Es macht mich rasend, dass irgendetwas in mir lauthals schreit, weil ich sie verletzt, bloßgestellt, herabgewürdigt und missbraucht habe. Dabei hat sie all das verdient. Mit ihren Lügen hat sie mich blind gemacht für das, was Amanda tat, und mein Vertrauen missbraucht. Sie hat mich belogen und betrogen, indem sie mir vorgemacht hat, sie wäre Winter. Hat mich glauben lassen, dass sie mich liebt, und es geschafft, dass *ich sie* liebte, dabei war all das nur eine gottverdammte Lüge!

Dennoch hemmt mich etwas. Es bremst mich aus und verbietet mir, dass ich sie weiterhin quäle.

Schlimmer noch: Dieses Etwas zwingt mich dazu, ihr Leben nicht enden zu lassen.

Denn sie versucht es.

November versucht, sich umzubringen. Ich weiß nicht, was passiert ist oder wieso sie plötzlich aufgibt, nachdem sie mir monatelang die Stirn geboten hat. Sie hat gekämpft wie eine Löwin, obwohl sie beinah daran zerbrochen ist. Egal, was ich getan habe, sie hat es ausgehalten, und ich habe lange gebraucht, um zu realisieren, dass das seltsame Gefühl, das mit jedem Tag mächtiger wurde, Angst ist.

November hat mir eine Scheißangst gemacht mit ihrem Mut. Mit ihrer Stärke und ihrem Durchhaltevermögen hat sie mich gelehrt, sie zu fürchten, aber jetzt … Jetzt ist all das verschwunden.

Vielleicht ist es die Tatsache, dass ich meine Nichte auf dem Gewissen habe. Vielleicht war es Robins Verschwinden, weil er ihr Freund gewesen ist. Vielleicht war es auch einfach nur die Zeit mit mir, die sie letztendlich gebrochen hat. Ich weiß es nicht. Und eigentlich kümmert es mich nicht, da meine Wut auf sie so allumfassend ist. Doch dass ich sie nicht einfach verrecken lassen kann, wie sie es verdient, lässt noch mehr Wut in mir aufkommen, wodurch ich letztendlich innerlich erstarre.

Sie isst nicht mehr. Sie trinkt nicht, sie redet nicht, sie schaut nicht mal mehr auf, wenn ich den Raum betrete. Ihre Haut ist dünn und lässt mich beinah dabei zusehen, wie das Blut darunter pulsiert. Die eingefallenen Wangen sind von stumpfem Haar umgeben. Die einst funkelnden Augen sind matt, und wann immer ich es schaffe, einen Blick in sie zu werfen, wirken sie bereits leer und leblos.

Es macht mich wahnsinnig, dass sie ganz offensichtlich tot sein will, ich sie aber nicht sterben lassen kann. Ich verstehe es nicht, weil das hier nur November ist. Das ist nicht meine Winter, deren Todeswunsch mich an den Rand der Verzweiflung gebracht hat. Weil es Winter nie gab. Das hier ist nur eine Frau, die sich in mein Leben geschlichen hat, um es zu zerstören.

Als ich die Tür öffne, finde ich sie erneut bewusstlos vor. Heute hat sie keinen Tropfen Flüssigkeit bei sich behalten. Etwas Essbares in sie zu bekommen, habe ich nicht gewagt, nachdem sie minutenlang Wasser und Galle gespuckt hat.

Schlaff und reglos hängt ihr Körper in der Kette, von der ich sie nun jedoch befreien werde. Nicht, weil ich Mitleid mit ihr hätte; aber in ihrem Zustand würde sie es niemals auch nur bis zur Tür schaffen.

Mit verkrampften Kiefern stelle ich die Suppenschale auf dem Boden ab und lege die Decken daneben. Anschließend trete ich an die linke Wand und löse die Kette vom Haken. Ich halte sie auf Spannung, während ich zu November gehe und meinen Arm um ihre dünne Taille lege, bevor ich sie langsam runterlasse.

Ihr Körper sackt gegen meinen, als ich die Kette endgültig loslasse und sie rasselnd über die Rolle gleitet, bis sie neben mir auf dem Boden landet. Mein anderer Arm legt sich ebenfalls um November, und ich betrachte sie einen Moment.

Die winzigen Sommersprossen auf ihren Lidern sind fast verschwunden. Die einst rosigen Lippen sind blass und aufgeplatzt. Ihre Wimpern werfen Schatten, die die dunklen Ringe unter ihren Augen beinah schwarz erscheinen lassen, und der schwache Puls an ihrem Hals ist kaum noch sichtbar.

Sie stirbt.

Der Gedanke macht seltsame Dinge mit mir, weswegen ich ihn abschüttle und auf die Knie sinke, um Novembers Körper auf einer der Decken abzulegen. Anschließend löse ich die Kette von ihren Handgelenken. Meine Finger streifen die aufgerissene und zum Teil vernarbte Haut, bevor mein Blick zu der Narbe an ihrem Hals gleitet und dann zu ihrem Unterbauch wandert.

Der Anblick sollte mich stolz machen; immerhin habe ich das getan. *Ich* war derjenige, der sie so zugerichtet hat, und sie hat jede dieser Narben verdient.

Trotzdem steigt Galle in meiner Kehle auf.

Ich greife nach der zweiten Decke und will November gerade darin einwickeln, als sich ihre Lider flatternd heben. Sie sieht mich nicht an. Sie schaut sich nicht mal um, obwohl sie merken muss, dass sie nicht mehr an der Kette hängt. Stattdessen starrt sie ins Leere, leckt mit der Zunge schwerfällig über ihre trockenen Lippen und holt tief Luft.

Erst, als ihr Brustkorb sich senkt, weil sie langsam wieder ausatmet, blinzelt sie einmal und blickt mich an. Ihre Iriden, die immer diesen Hauch von Blau in sich getragen haben, sind nur noch grau, matt und leblos. Es tanzen keine Blitze mehr darin. Da ist kein Funkeln, kein Glanz, kein Mut. Alles, was in ihnen steht, ist der Wunsch, zu sterben, und das bringt mich dazu, schwer zu schlucken. Es erinnert mich an die ersten Tage mit ihr. An diese endlosen Stunden, in denen ich alles dafür getan habe, um genau diesen Blick nicht mehr in ihren Augen zu sehen.

Behutsam lege ich sie ab, um die Suppe zu holen. Da sie nun wach ist, will ich versuchen, ihr etwas davon einzuflößen, in der Hoffnung, dass sie es bei sich behält. Ein Bein aufstellend drehe ich meinen Oberkörper nach links und stütze mich mit der Hand auf dem Boden ab. Ich strecke meinen Arm, um nach der Schale zu greifen, als ich einen Zug an meiner rechten Hüfte spüre.

Meine Gedanken sind durch meine widersprüchlichen Emotionen so durcheinander, dass ich erst nicht verstehe, was passiert. Doch als ich mich wieder umdrehe, hält November meine Waffe in der Hand. Aber sie richtet sie nicht auf mich.

Sie hält die Mündung an ihre Schläfe.

Etwas in mir bricht und reißt auf, während Novembers Blick auf mich gerichtet ist und mich für einen Sekundenbruchteil in die Nacht zurückwirft, in der ich sie das erste Mal gesehen habe. Es wirkt wie ein Déjà-vu, nur dass es keines ist. Das hier ist die gleiche Situation. Wir sind an exakt dem gleichen Punkt wie damals, und mir wird schlagartig klar, dass niemand diesen Todeswunsch in den Augen haben kann, wenn er ihn nicht wahrhaftig und aus tiefstem Herzen verspürt.

»Ich kann nicht mehr«, erklärt sie mit brüchiger Stimme, die etwas in mir berührt, von dem ich dachte, es wäre verschwunden. »Und ich will auch nicht mehr.«

Ich wage es nicht, mich zu rühren. Wenn ich auch nur eine falsche Bewegung mache, drückt sie ab und tötet … *Winter.*

Fuck.

Das ist *meine Winter,* die vor mir sitzt und kurz davor

ist, sich das Hirn wegzupusten, und ich habe sie dazu gebracht. Ich und meine verdammte Wut und mein Misstrauen. Mein Zorn und meine Angst davor, von ihr verletzt zu werden. Dabei ist sie doch alles für mich gewesen!

Winter war mein Leben, und ich wurde zu sehr von meinem Schmerz eingenommen, um zu erkennen, dass sie mich nie belogen hätte.

Wie konnte ich nur? Wie konnte ich nur so blind vor Hass sein und nicht merken, wie falsch es war, das zu glauben? Hätte ich meine Abscheu auch nur für eine Sekunde beiseite geschoben, wäre mir sofort klar geworden, dass ich mich irre. Ja, Amandas Plan war schwach. Er war schlampig und hatte viele Lücken. Aber dass ich in meinem Schmerz glaubte, Winter würde sich freiwillig in diese Rolle begeben … Dass sie sich wissentlich jemandem ausliefert, der sie töten sollte, und am Ende womöglich wirklich sterben könnte?

Ich war so ein Narr. Und Winter musste dafür bezahlen. Sie hat die Strafe für unser aller Taten auf sich genommen und gelitten, während Amanda die Schuld allein hätte tragen sollen und ich meinen Zorn über die beiden gebracht habe.

Ich habe Winter gedemütigt. Nicht nur mit meinen Taten, sondern auch, als ich glaubte, sie könne mich nicht gewollt haben. Als ich dachte, eine Frau, die das durchgestanden haben soll, könnte nicht wollen, dass man hart und erbarmungslos zu ihr ist. Ich habe das, was Winter liebt und braucht, beschmutzt, indem ich annahm, es könne nicht echt sein, und das macht mich zu einem der widerwärtigsten Menschen, denen ich je begegnet bin.

Doch jetzt – mit ihr vor mir, die sich eine Waffe an den

Kopf hält und jeden Moment abdrücken könnte – wird mir endlich klar, dass ich in einem Tunnel feststeckte. Ich war so gefangen von meinen Emotionen, dass ich die wichtigste von ihnen nicht mehr gespürt habe. Vor lauter Hass und Panik habe ich vergessen, dass Winter der eine Mensch ist, der mich niemals verletzen würde. Sie war es, die mich geliebt hat. Sie hat mich trotz allem, was ich bin und getan habe, angenommen und mir nie einen Grund gegeben, ihr zu misstrauen, und doch habe ich genau das getan.

»Ich wünschte, du hättest mir geglaubt, Dante.«

Als sie meinen Namen ausspricht und die Augen schließt, bleibt mein Herz stehen.

»*Winter* …«

Sie betätigt den Abzug.

Das Klicken hallt von den Wänden wider und dröhnt in meinen Ohren. Ich habe aufgehört, zu atmen. Mein gesamtes Sein hat sich verschoben und rastet an einem neuen Platz ein, als mir klar wird, dass sie es wirklich getan hat.

Winters Hand zittert. Sie öffnet die Augen und sieht mich an. Bevor sie auch nur einmal blinzeln kann, schnellt meine Hand nach vorn und reißt ihr die Waffe aus den Fingern, um sie von uns zu schleudern. Meine Hände legen sich an ihre Wangen, als mir klar wird, dass sie jetzt tot sein könnte.

Alles, was sie daran gehindert hat, sich umzubringen, war eine beschissene Ladehemmung.

»Bist du wahnsinnig geworden, Baby?«

Meine Stimme klingt fremd, und ich brauche ein paar Sekunden, um zu begreifen, wieso.

Der Hass in ihr ist verschwunden. Da ist keine Abscheu mehr. Kein Zorn. Keine abgrundtiefe Wut, die sich gegen die Frau richtet, die vor mir sitzt und mich ansieht, als wäre ich ihr schlimmster Albtraum.

»Bin ich tot?«, fragt sie beinah hoffnungsvoll und bringt mich damit um den Verstand.

Weil ich keine Worte finde, lege ich meine Lippen auf ihre und küsse sie, als würde die Existenz des Universums davon abhängen. Dabei rinnen heiße Tränen der Reue über meine Wangen, weil mir klar wird, dass ich sie fast getötet hätte und sie womöglich verloren habe, auch wenn sie noch am Leben ist.

Sie will nach Luft schnappen, aber mein Mund liegt so fest auf ihrem, dass sie nur meinen Atem inhaliert. Obwohl ich weiß, dass ich von ihr ablassen sollte, küsse ich sie wie ein Irrer, bis sie das Bewusstsein verliert, weil ihr Körper nicht mehr kann und ich ihr den Sauerstoff verwehre.

Weinend löse ich mich von ihr, gleite mit den Fingerspitzen über ihre eingefallenen Wangen, streiche ihr die Haare aus dem Gesicht und flüstere immer wieder ihren Namen.

»Bleib bei mir, Baby … Tu das nicht«, murmle ich und schiebe meine Arme unter ihren Körper, um sie hochzuheben. »Gib nicht auf, hörst du? Du musst jetzt tapfer sein, hast du mich verstanden? Sei tapfer und stark und *kämpfe*, verdammt noch mal!«

Ich stehe auf und trage sie aus diesem Raum, den ich nie wieder betreten werde, weil sie beinah hier drin gestorben ist. Weil ein Teil von Winter tatsächlich darin umgekommen ist wegen dem, was ich getan habe. Weil ich sie dort fast getötet hätte.

So schnell und vorsichtig, wie ich kann, laufe ich in Amandas Praxis, um Winter auf das Krankenbett zu legen. Ihr Körper sieht schrecklich verloren darin aus. Ich hänge eine neue Infusion an, hülle Winter in Heizdecken und schließe sie an ein EKG. Das Piepsen des Computers, der nun ihre Herzschläge überwacht, frisst sich in mein Gehirn und ist zugleich beruhigend, da ich so weiß, dass sie noch am Leben ist.

Als ihr Körper nicht mehr vor Kälte zittert, hole ich eine Schüssel mit warmem Wasser und einen Lappen. Während ich sie vorsichtig wasche, lenke ich meine volle Aufmerksamkeit auf sie, damit mir nichts von dem entgeht, was ich ihr angetan habe. Dabei richtet sich all der Hass, den ich in den letzten Monaten in mir hatte, nun gegen mich. Er erdrückt mich regelrecht und nimmt mir die Luft zum Atmen, während ich immer wieder mit dem Handrücken über meine Augen wischen muss, damit die Tränen nicht verschleiern können, welche Wunden ich Winter zugefügt habe.

Die großflächige Narbe an der rechten Seite ihres Halses sieht barbarisch aus. Das Pendant dazu, das sich an meinem Hals befindet, konnte besser verheilen, weil ich es behandelt und gepflegt habe. Zudem habe ich keinen Schmerz verspürt, als ich das W aus meiner Haut schnitt. Doch ihre Wunde musste unter Stress, Schmutz und Kälte und ohne pflegende Salben heilen. Die Haut ist inzwischen beinah silbern, die Oberfläche jedoch rau und wulstig. Es sieht grauenvoll aus, dennoch schaue ich so lange hin, bis sich der Anblick in meine Netzhäute einbrennt und ich weiß, dass er mich in jedem meiner Albträume verfolgen wird.

Es sollte unser Liebesschwur sein. Ein makabres, aber so bedeutendes Ehegelübde, das sie als das Meine und mich als das Ihre markieren sollte.

Jetzt ist es nur noch eine Erinnerung an das, wozu ich fähig bin.

Auch die Narben auf ihrem Bauch sind deutlich erhaben. Da sie feiner sind, unterscheiden sie sich optisch nicht so stark von ihrer hellen Haut, werden aber trotzdem nie wieder verschwinden. Sie brandmarken Winter als das, was sie nie war. Sie hat mich nie belogen. Kein einziges Mal hat sie die Unwahrheit gesagt. Ich war nur zu dumm und zu egoistisch, um es zu sehen. Zugleich habe ich mich mit aller Macht gegen die Gefühle, die ich in mir hatte, gewehrt. Ich habe meine Liebe zu ihr verleugnet, obwohl sie in mir rebelliert hat wie ein eingesperrtes Tier, und das macht *mich* zu einem Lügner. *Ich* sollte dieses Wort auf meinem Körper tragen. *Ich* sollte tagtäglich daran erinnert werden, dass ich ein verdammter Heuchler bin. Stattdessen ist es Winter, die von diesem Mal gezeichnet ist.

Als ich ihre Handgelenke säubere, muss ich innehalten. Mir wird so übel, dass ich den Lappen in die Schüssel werfe, aufspringe und es gerade so zum Waschbecken schaffe, wo ich alles rauskotze, was ich in mir habe. Minutenlang würge ich, wobei ich versuche, so leise wie möglich zu sein, während neue Tränen über mein Gesicht rinnen und sich mit dem Erbrochenen im Becken vermischen. Meine Kehle würde wie Feuer brennen, wenn ich es spüren könnte, doch stattdessen ist da nur ein flaues Gefühl in meinem Magen und die Gewissheit, dass ich ein Monster bin.

Die Haut um ihre schmalen Handgelenke besteht nur

noch aus Narben. Alte Narben. Neue Narben. Blutige, aufgescheuerte und rissige Narben. Blaue Flecken ziehen sich um das zerstörte Gewebe, und ich frage mich, wie ihr Körper es ausgehalten hat, so lange zu überleben. Frage mich, was sie ist, wenn sie *mich* überleben konnte, denn es erscheint mir wie ein Wunder, dass sie noch atmet.

»Sie hat dich bis zum Schluss geliebt.«

Ich rühre mich nicht, während mein Blick wieder auf Winters geschundene Haut gerichtet ist.

»Ich habe versucht, sie zum Gehen zu überreden.«

Mein Kopf neigt sich etwas, als ich den Lappen vorsichtig über ihre Haut gleiten lasse. »Ich weiß.«

»Und doch hast du mich nicht aufgehalten.«

Robin will keine Antwort auf seine unausgesprochene Frage. Er kennt sie bereits. Ein Teil von ihm muss ebenfalls darauf gehofft haben, dass ich aus meinem wahnhaften Zustand erwache, und das lässt mich ihn noch mehr lieben. Nicht nur als Bruder, sondern vor allem als Mensch.

»Du hast sie zerstört«, stellt er irgendwann tonlos fest, während er jedoch nicht näher gekommen ist. »Und ich glaube nicht, dass sie dir das verzeihen wird.«

Ich werfe den Lappen zurück in die Schüssel, nachdem ich Winters Hand behutsam auf der Bettdecke abgelegt habe. Das Piepsen des Elektrokardiografen ist minutenlang das einzige Geräusch, bis ich es wage, meine Worte an Robin zu richten, wobei ich mich nicht zu ihm umdrehe.

»Kannst *du* es?«, frage ich leise. »Mir verzeihen?«

Wieder herrscht eine Zeit lang Schweigen, bis seine Schritte sich nähern und er um Winters Bett herumgeht, um auf der gegenüberliegenden Seite stehenzubleiben. Er sieht mich dabei nicht an. Stattdessen liegt sein Blick auf

Winters Gesicht, als er seine Hand ausstreckt und eine ihrer Haarsträhnen zur Seite streicht. »Was genau?«, will er dabei wissen, bevor er nach ihrer Hand greift und sie mit seinen Fingern umschließt.

Er sieht scheiße aus. Dunkle Ringe zieren die Haut unter seinen Augen. Die hellbraunen Haare stehen wirr von seinem Kopf ab, das Shirt ist zerknittert, und er scheint ein paar Pfund abgenommen zu haben.

Noch etwas, wofür ich verantwortlich bin.

»Alles«, bringe ich heiser hervor, weil mich die Wucht des Ausmaßes meiner Taten erneut gnadenlos trifft. »Dass ich dir verboten habe, Winter zu helfen. Dass ich ihr das angetan habe. Dass ich dich jahrelang belogen habe, weil ich zu feige war, dir zu sagen, was ich wusste.«

Robin lacht kurz und freudlos auf. »Du bist wirklich ein Feigling.« Sein Mund verzieht sich dabei leicht, doch es ist keine freudige Miene, die er auflegt. »Ich hätte gedacht, dass du mich besser kennst, *Bruder*.«

Ich schließe die Augen und lasse den Kopf hängen, während sich etwas in meiner Brust zusammenzieht.

»Ich habe das Grab gesehen.« Seine Stimme klingt dabei brüchig, aber ich wage es nicht, zu ihm aufzusehen. Nicht, wenn es um *sie* geht.

»Sie war deine Tochter, Robin. Und ich habe sie auf dem Gewissen«, sage ich aufrichtig, bevor ich den Kopf doch hebe. »Falls du mich also –«

»Wie sah sie aus?«, unterbricht er mich kaum hörbar, wobei seine Finger immer wieder sachte über Winters Handrücken streichen und er starr auf ihr Gesicht blickt.

Ich schlucke schwer, bevor ich ihm antworte. »Ihre Hände waren ganz klein und zart. Wie die eines winzigen

Engels«, beginne ich leise. »Sie hatte ein Grübchen am Kinn. Und Sommersprossen.«

Ein erstickter Laut dringt aus Robins Kehle. »Die muss sie von ihrer Großmutter haben«, flüstert er. »Mütterlicherseits.«

»Den Mund hatte sie von dir. Die Nase auch«, erzähle ich weiter, während ich im Geiste das Gesicht meiner Nichte betrachte. »Und ihre Haare waren so weich ... Dunkel und fein und unglaublich weich.« Ich hole tief Luft. »Sie war bildschön.«

Endlich wendet er mir den Kopf zu und erwidert meinen Blick.

»Es tut mir leid.«

Robin sieht mich lange an, während er sichtlich mit den Tränen kämpft. Ich lasse meine ungehindert laufen, da ich vor langer Zeit damit aufgehört habe, meine Emotionen zu verbergen, wenn sie mich übermannen. Es macht mir nichts aus, zu weinen, da es für mich kein Zeichen von Schwäche ist. Es ist menschlich. Und obwohl die Meisten glauben, ich sei kalt und herzlos, bin ich es nicht. Das habe ich nur eine Zeit lang vergessen.

»Danke für den Stein«, sagt Robin irgendwann mit kratziger Stimme, bevor er wieder zu Winter sieht. »Und die Apfelbäume. Es ist ... ein schöner Platz für sie.«

»Es war das Mindeste, was ich tun konnte«, erwidere ich und lasse meinen Blick ebenfalls zu ihr gleiten. Bevor ich weiterspreche, vergehen erneut einige Minuten. »Hast du sie geliebt?«

Er neigt den Kopf etwas. »Das hätte ich vielleicht irgendwann. Wenn sie nicht ...«

Ich nicke. Amanda hat mit ihrem Schauspiel und den

Lügen wahrlich einen liebenswerten Charakter erschaffen. Es war im Grunde unmöglich, ihr diese Rolle nicht abzukaufen, weshalb mich Robins Worte weder erstaunen noch verletzen. Ich kann verstehen, dass er Gefühle für sie hätte entwickeln können. Sie war ein guter Mensch. Bis sie ihr wahres Gesicht gezeigt hat.

»Also bist du wieder du selbst?« Er hebt den Kopf und sieht mir direkt in die Augen. »Oder willst du sie immer noch foltern? Denn falls ja –«

Mit einem Kopfschütteln unterbreche ich ihn. »Das bin ich. Und nein, ich rühre sie nicht mehr an«, antworte ich ernst, während die letzten Tränen auf meinen Wangen trocknen.

»Was ist passiert?«

Ich verziehe das Gesicht zu einer Grimasse, die Robin dazu bewegt, die Augen etwas zu verengen.

»Sie hat mir meine Waffe abgenommen und wollte sich damit erschießen.«

Robins Kiefer verkrampfen sich.

»Eine Ladehemmung hat es verhindert. Ansonsten wäre sie jetzt …«

Er deutet ein Nicken an. »Du hättest es verdient«, erklärt er tonlos.

»Ich weiß.«

Der Verrat von Dante und die Tatsache, dass Winter vor mir geheim hielt, was sie wusste, hat schwer an mir genagt. Ich hielt es keine Sekunde länger dort aus, doch bereits, als ich in meinen Wagen stieg, wusste ich, dass meine Flucht ein Armutszeugnis war.

Ja, Dante hat mich belogen. So, wie ich ihn kenne, würde es mich nicht mal wundern, wenn er es von Anfang an gewusst hat. Dennoch hat er es mir nicht gesagt. Und auch, dass Winter es nicht für nötig hielt, mir zu verraten, dass ich einen Bruder habe, tat verdammt weh. Mir wurde jedoch schnell klar, dass es falsch war, ihr das zum Vorwurf zu machen. Ihr Schweigen hatte keinerlei Hintergedanken. Es ging ihr nie darum, mich zu verletzen oder mir etwas vorzuenthalten.

Sie hat geschwiegen, weil sie Dante die Chance geben wollte, es mir selbst zu sagen. Weil es *seine* Angelegenheit war, nicht ihre. Weil sie ihn nicht hintergehen wollte und wusste, wie wichtig es gewesen wäre, dass er den Mut beweist, mir zu sagen, dass wir gottverdammte Brüder sind. Dafür kann ich sie nicht hassen. Erst recht nicht, wenn sie mit der Offenbarung versucht hat, das Leben des Mannes zu retten, den sie liebte, obwohl sie genau gewusst haben muss, dass sie sein Vertrauen in sie damit endgültig zerstören könnte.

Trotzdem brauchte ich Zeit. Ich musste mit dem zurechtkommen, was ich erfahren und mit angesehen habe. Was Dante Winter angetan hat und dass er meine Tochter hat sterben lassen, hat mich fertiggemacht. Es hat an meinem Grundvertrauen ihm gegenüber gerüttelt, und obwohl ich nun hier stehe, kann ich noch immer nicht sagen, ob ich ihm jemals wieder vollständig trauen werde. Aber er ist mein *Bruder*. Dieses Baby war meine *Tochter*. Und Winter ist meine *Freundin*. So sehr mich all das verletzte: Ich musste zurückkommen.

Dante ist ein Mörder. Dennoch vertraute ich darauf, dass Winter recht behalten und er sie nicht töten würde. Und vermutlich hat auch ein Teil von mir noch an ihn geglaubt, sonst hätte ich sie niemals bei ihm gelassen. Dass ich mich deswegen nicht auch hasse, wäre gelogen. Ich verabscheue mich, weil ich all das zugelassen habe, aber vielleicht sind Dante und ich uns ähnlicher, als wir glauben. Vielleicht bin ich genauso feige wie er und habe es deswegen nicht gewagt, einzuschreiten. Meine Schuld kann mir dieser Gedanke jedoch nicht nehmen. Ich werde – wie Dante – auf ewig mit dem leben müssen, was Winter passiert ist. Weil ich tatenlos zugesehen habe.

»Du bist mir eine Menge Erklärungen schuldig«, mache

ich irgendwann deutlich, woraufhin Dante nickt. »Aber vorher muss Winter ...«

»Ja«, stimmt er mir zu und sieht sie an. Nach all den Monaten, in denen nur endloser Hass in seinen Augen stand, wirkt es beinah befremdlich, etwas anderes darin zu sehen. Etwas, das mehr als alle Worte der Welt deutlich macht, dass Dante für sie sterben würde. Und entgegen allem, was passiert ist, will Angst in mir aufsteigen.

»Aber nicht hier«, sagt er weiter. »Sie muss von mir weg. Sie kann hier nicht heilen. Und ich werde den gleichen Fehler kein zweites Mal machen.«

Ich mustere ihn lange, während mir die Bedeutung seiner Worte durch den Kopf geht. Er hasst sich dafür, dass er meine Tochter nicht retten konnte. Und bei Gott ... Ich hasse ihn dafür mindestens genauso sehr. Wenn er das Richtige getan hätte, wäre sie jetzt vielleicht am Leben. Sie würde atmen und ich könnte sie in den Armen halten. Ich würde in ihre Augen blicken können. Ihr erstes Lächeln sehen. Sie in den Schlaf wiegen. Ihr Trost spenden, wenn sie weint. Sie lieben.

Stattdessen kann ich nur an einem namenlosen Grab stehen und weiß nicht mal, wie sich meine Tochter angefühlt oder wie sie ausgesehen hat.

»Wie willst du erklären, was ihr passiert ist?«

Dante sieht zu mir auf. »Indem ich die Wahrheit sage.«

Meine Augen weiten sich leicht. »Das kannst du nicht machen.«

Seine Miene verhärtet sich, als er weiterspricht. »Ich habe keine Wahl«, erklärt er. »Winter muss in ein Krankenhaus. Sie kann nicht bei mir sein, wenn sie wieder gesund werden soll. Es ist zu viel. Das kann ich ihr nicht antun.«

»Sie werden dich sofort verhaften.«

Er steht auf und greift nach der Schüssel, in der das vom Blut rosa gefärbte Wasser umherschwappt. »Das ist vielleicht auch besser so.«

Das kann er nicht ernst meinen. Dante mag vieles sein, aber er ist kein Märtyrer.

»Was ist mit den Tieren?«

Er hebt bedeutungsschwer eine Augenbraue. »Du wirst für sie da sein. Genauso, wie du für Winter da sein wirst.«

Energisch schüttle ich den Kopf. »Nein. So gern ich dir auch die Fresse polieren würde: Ich werde nicht zulassen, dass du in den Knast wanderst. Was soll ich ihr sagen? Und wie soll ich –« Ich lasse Winters Hand los und raufe mir die Haare, wobei ich mich ein paar Schritte von ihrem Bett entferne. »Das ist nicht richtig, Dante. Und das weißt du auch. Du bist der Kopf dieser Farm. Ohne dich bricht alles zusammen.«

»Falsch«, sagt er ruhig und geht auf die Tür zu. »Ohne mich kann vielleicht endlich alles gut werden.«

Angst will sich in mir aufbäumen und mich einnehmen, doch ich lasse es nicht zu. Was auch immer Dante vorhat, Winter ist jetzt wichtiger.

»Ich mache das«, beschließe ich entschieden, woraufhin er innehält. »Ich bringe sie ins Krankenhaus und … erzähle ihnen irgendeine Geschichte.«

Dante hält inne und dreht sich zu mir um. Ich kann in seinem Blick deutlich erkennen, dass ihm nicht schmeckt, was ich vorhabe, doch er wagt es nicht, mir zu widersprechen. Nicht nach dem, was er getan hat.

»Das bin ich ihr schuldig«, füge ich an.

Stille breitet sich zwischen uns aus, während wir uns

ansehen und Dante zu überlegen scheint, ob er das zulassen kann.

»Sie würde das nicht wollen«, mache ich leise deutlich, als das Schweigen mich zu erdrücken droht. »Ganz egal, wie sehr sie dich hassen sollte: Sie wird nicht wollen, dass das passiert. Sie wird wollen, dass du hier weitermachst.«

Seine Augen blitzen auf. Mein Instinkt sagt mir, dass er etwas plant; etwas, das mir nicht gefallen wird. Aber was immer es ist, es muss warten.

EINUNDZWANZIG
WINTER

Es ist laut. Viel zu laut. Aber noch schlimmer ist das Licht, das selbst durch meine geschlossenen Augenlider dringt. An meinem Handrücken zieht etwas, ein scharfer Geruch steigt mir in die Nase, und ich *liege*.

Ich weiß nicht, wann ich das letzte Mal lag. Es fühlt sich seltsam an. Fremd. Beinah unbequem, weil meine Muskeln und Gelenke es nicht mehr gewohnt sind. Ebenso wie die Tatsache, dass meine Arme nicht nach oben gestreckt sind. Stattdessen liegen sie locker neben meinem Körper auf etwas Weichem.

Die Luft ist zu warm und zu trocken. Irgendetwas piepst unentwegt. Und da ist ein Jucken an meiner Brust. Als würde etwas daran kleben, das bei jedem Atemzug leicht an meiner Haut ziept.

Das kann nicht der Himmel sein. Dabei bin ich doch gestorben, oder nicht? Ich habe mir in den Kopf geschossen. Habe Dantes Waffe genommen, sie an meine Schläfe gehalten und abgedrückt, wobei sein atemberaubendes Gesicht das Letzte war, was ich gesehen habe. Und dann bin ich gestorben.

Ich war frei, und da war Dante, der mich wieder geliebt hat. Da waren seine heißen Lippen, die ich auf meinen gespürt habe. Seine starken Hände an meinen Wangen. Sein raues, geflüstertes *Baby*, bevor er mich geküsst hat.

Das kann nicht echt gewesen sein, weil er mich doch hasst. Er verabscheut und quälte mich. Er hätte mich nie *so* geküsst. Nicht mit dieser Verzweiflung, die ich auf meinen Lippen gespürt habe.

Ich verstehe das nicht. Das ist alles nicht richtig. Bin ich in die Hölle gekommen? Wurde ich für das, was ich getan habe, ins Fegefeuer geworfen? Weil ich zugelassen habe, dass Dante Victor foltert und ermordet? Ist es das?

Und was passiert, wenn Dante irgendwann stirbt? Landet er dann auch hier und wird seine Wut erneut an mir auslassen? Wird er zu einem Dämon – meinem persönlichen Foltermeister –, der mich bis ans Ende der Zeit leiden lässt?

Ich wage es nicht, die Augen zu öffnen. Wage nicht, zu erfahren, wie es hier aussieht, und die Gewissheit darüber zu erlangen, dass ich wirklich in der Hölle bin. Dennoch heben sich meine Lider.

Sonnenlicht fällt auf mein Gesicht und blendet mich, so dass ich ein paarmal blinzeln muss. Die Zimmerdecke ist schneeweiß, davor baumelt etwas direkt über mir. Ein Griff. Wie ein Dreieck. Es sieht seltsam aus von hier unten, und ich brauche einen Moment, bis ich erkenne, dass es ein

Haltegriff ist. Ein Haltegriff, der zu einem Krankenbett gehört. An einer weiteren Vorrichtung hängt ein Beutel mit klarer Flüssigkeit, von dem ein dünner Schlauch abgeht, der meinen Blick auf meinen Handrücken führt.

Ich hänge an einem Tropf.

Dante hat das getan. Er hat mich in den letzten Wochen immer wieder an Infusionen angeschlossen, weil meine Kräfte schwanden und er mich einfach nicht sterben lassen wollte.

Aber das hier ist nicht der Raum in seinem Keller. Die Decke ist falsch. Es hängt keine Rolle daran, über der die Kette liegt, mit der ich gefesselt war.

Ich hebe die Hand, in der keine Nadel steckt, und bringe sie an meine Brust. Oberhalb der Decke – direkt unter meinen Schlüsselbeinen – kleben Elektroden, deren Kabel sich von mir entfernen und zweifellos in einem EKG enden, welches das stete Piepsen verursacht.

Auch das hätte Dante tun können. Ich weiß um die Maschinen und Geräte, die er angeschafft hat, damit Amanda ihn behandeln konnte, wenn er mal wieder mit dem Tod getanzt hat. Aber das hier ist auch keiner der Räume in ihrer Praxis. Ich war da. Ich weiß, wie es dort aussieht, weil wir in den wenigen Wochen, die ich bei Dante außerhalb des Kellers verbracht habe, immer mal wieder Tiere behandeln mussten.

Wo bin ich?

Ich zwinge meinen Blick dazu, durch den Raum zu gleiten.

Zwei große Fenster. Cremefarbene Tapeten an den Wänden, die ein Muster aus weißen Ornamenten ziert.

Große Kunstdrucke von Blüten und Architektur. Eine seltsame Mischung, doch die Bilder sind schön, beinah anmutig. Die Fenster werden von ebenfalls cremefarbenen Vorhängen umrahmt und lassen mich in einen Park blicken. Es muss Sommer sein. Alles blüht, ist grün und voller Leben. Es ist so anders als mein Verlies bei Dante …

Mein Kopf dreht sich nach links. Die weiße Tür hat eine kupferfarbene Klinke und ist breit genug, damit ein Bett durch passt. Daneben ist eine weitere Tür, die offen steht. Das Bad.

Ich muss in einem Krankenhaus sein. Nichts anderes ergibt Sinn. Dennoch erscheint es mir absolut unmöglich. Zudem entspricht die Einrichtung nicht einmal annähernd der eines Krankenhauses. Es ist zu freundlich. Zu edel. Zu teuer.

Plötzlich öffnet sich die erste Tür. Mein Herz will einen Satz machen, weil es durch Dantes Taten darauf konditioniert wurde, aufzuschrecken, sobald sich eine Tür öffnet, doch es ist nicht er, der den Raum betritt und einen Coffee-to-go-Becher in der Hand hält.

»Robin?« Meine Stimme klingt schwach und kratzig, und ich muss augenblicklich husten.

Er erstarrt für einen Moment, bevor sich seine Augen etwas weiten. Leise schließt er die Tür und kommt zu mir. Sein Gesichtsausdruck ist ernst, aber auch besorgt. »Guten Morgen«, sagt er dann, wobei er sich ein Lächeln abringt.

»Ist es Morgen?«, frage ich und versuche, mich etwas nach oben zu schieben, um mich am Kopfteil des Bettes anzulehnen, während er neben mir stehen bleibt und den Kaffee auf einem schlichten, aber schönen Beistelltisch abstellt.

Sein Kopf neigt sich etwas, und das Lächeln, das gerade noch gezwungen wirkte, wird weicher und echt. »Nicht wirklich.«

Er dreht den Kopf und sieht zu dem gepolsterten Stuhl, der in der gegenüberliegenden Ecke steht, doch ich klopfe mit der Hand auf die Matratze. »Setz dich einfach.«

Robin lässt sich auf die Bettkante sinken und schaut an mir runter. »Wie fühlst du dich?«

Ich würde gern in mich reinhorchen, doch da ist nicht viel. Nur Leere und Fragen. »Keine Ahnung«, gestehe ich daher und blicke über meinen Körper, der unter einer dicken, kuscheligen Decke verborgen ist. Lediglich meine Arme kann ich sehen. Die Handgelenke sind beide eingebunden, was mich zu der wohl wichtigsten Frage bringt. »Wo ist er?«

Robins Miene wird hart, doch er weicht meinem Blick nicht aus. »Nicht hier.«

»Und wo ist *hier*?«

Ein leises Schnaufen, das wohl ein freudloses Lachen sein sollte, entkommt ihm, als er kurz wegsieht. »In einem Krankenhaus.«

Ich hebe eine Augenbraue. »Mit Kunstdrucken, Ornamenttapeten und Polstersesseln? Robin …«

Er verdreht die Augen, bevor er Luft holt und seine Schultern sich etwas zu entspannen scheinen. »Stars&Wings Medical Center. Eine –«

»Privatklinik«, unterbreche ich ihn trocken. »Die beste in Texas.«

Robin nickt, wobei er ein Schulterzucken andeutet.

»Du hast mich rausgeholt?«, frage ich nach einigen Sekunden leise. »Du bist zurückgekommen und ha–«

»Nein«, widerspricht er schnell. »Ich habe dich nicht rausgeholt.« Reue erscheint in seinen Augen und lässt sein Gesicht mit einem Mal schrecklich aussehen. »Es tut mir leid, Winter. Ich hätte –«

Ich kann und will jetzt nicht darüber nachdenken, was das bedeutet. Stattdessen greife ich nach seiner Hand und lege meine Finger darum. »Schon okay«, beruhige ich ihn. »Ich bin nicht wütend auf dich. Ich verstehe es.«

Wir sehen uns lange an, während keiner von uns ein Wort sagt. Das müssen wir auch nicht, weil wir in dieser Zeit im Keller gelernt haben, dass Blicke viel mehr ausdrücken können als so mancher Laut.

Robins ist voller Schuld, während ich versuche, sie ihm zu nehmen.

Ja, er ist gegangen. Aber ich würde es ihm nie vorwerfen. Er hat getan, was er konnte. Und was ich zugelassen habe. Meine Sturheit war nicht unerheblich daran beteiligt, dass ich monatelang angekettet in diesem Raum verbrachte. Hätte ich auch nur ein einziges Wort gesagt, hätte Robin mich sofort und ohne zu zögern weggebracht. Aber das wollte ich nicht. Ich wollte dort bleiben, weil …

»Geht es ihm gut?«, will ich kaum hörbar wissen.

Ein beinah trauriges Lächeln legt sich auf Robins Lippen, als er seine andere Hand auf meine legt, die seine Finger noch immer umschlossen hält. Dabei schüttelt er leicht den Kopf, als würde er nicht glauben können, dass ich das frage. »Es geht ihm gut.«

Trotz allem, was geschehen ist, und der Leere, die sich in mir ausgebreitet hat, atme ich erleichtert aus. Und obwohl ich nicht einmal verstehe, wieso ich es noch wissen will, weil ich meine Liebe zu ihm nicht mehr spüren kann, stelle ich meine nächste Frage. »Ist er wieder … er selbst?«

Robin nickt erneut. »Ja«, antwortet er leise. »Aber er wird nicht herkommen.«

WINTER

Dante hat mich von Robin herbringen lassen. Dabei ist mir durchaus bewusst, dass es ihm nicht nur darum ging, eine erstklassige Behandlung zu gewährleisten.

Eine Privatklinik ist bestechlicher. Solange eine angemessene Summe Geld fließt, werden keine Fragen gestellt. Und mein körperlicher Zustand hätte zweifellos ein paar Fragen aufgeworfen, die mehr als unangenehm gewesen wären. Vermutlich hätte das Personal eines gewöhnlichen Krankenhauses augenblicklich die Polizei gerufen, wenn ich dort eingeliefert worden wäre. Aber mit der Zahlung eines stattlichen Schweigegelds wird die Senatorentochter als Patientin unter Verschluss gehalten. Selbst wenn sie zu viel Gewicht verloren, deutliche Male an den Handgelenken und grauenvolle Narben hat.

Ich bin dankbar dafür. Nicht nur, weil es bedeutet, dass ich in Ruhe genesen kann, sondern auch, weil weder Dante noch Robin in Schwierigkeiten geraten. Denn entgegen allem, was richtig und vernünftig ist, möchte ich Dante nicht im Gefängnis wissen. Ja, er hätte es für das, was er getan hat, verdient, aber er gehört dort nicht hin. Das war nicht er, der mich gequält hat. Es war sein Misstrauen. Seine Angst vor dem Verrat. Seine Verzweiflung, weil er davon überzeugt war, ich hätte ihn belogen und er mich dadurch verloren.

Er mag zu einem Monster geworden sein, aber er wurde es nicht aus eigenem Willen. Es waren Amandas Taten und alles, was damit zusammenhing, die ihn zu diesem Biest gemacht haben, das nur noch Abscheu und Hass für mich übrig hatte.

»Eine Ladehemmung?«, frage ich Robin mit gerunzelter Stirn. »Aber ich habe den Knall gehört.«

Er verzieht das Gesicht und neigt den Kopf, während er in dem Salat herumstochert, den ich nicht mehr runterbekommen habe, weil mein Körper sich erst wieder daran gewöhnen muss, Essen bei sich zu behalten. Nachdem er einen weiteren Bissen andächtig gekaut und runtergeschluckt hat, antwortet er endlich. »Vermutlich hat dir deine Psyche einen Streich gespielt«, mutmaßt er. »Du wolltest unbedingt sterben, also …«

Also hat sich mein Gehirn den Schuss so sehr gewünscht, dass es mich dazu gebracht hat, ihn zu hören, obwohl er gar nicht da war.

Robin hebt den Blick und lässt die Schale mit dem Salat auf seinen Schoß sinken. »Willst du immer noch –«

»Nein.« Energisch schüttle ich den Kopf. »Nicht mehr.«

Ich wollte es. Ich wollte wirklich sterben, und ich hätte

alles dafür getan. Ich *habe* alles dafür getan, doch Dante hat es mir verwehrt. Und ich weiß selbst nach zwei Wochen in diesem Krankenhaus nicht, ob ich ihm dankbar bin oder ihn dafür hasse.

Rückblickend frage ich mich, wie dumm es war, sich den Tod zu wünschen. Doch wenn ich ehrlich zu mir selbst wäre, müsste ich mir eingestehen, dass nicht mein Selbstmordversuch das ist, worüber ich mir Gedanken machen sollte, sondern die Tatsache, dass ich es so weit habe kommen lassen. Dass ich trotz der Möglichkeiten, die Robin mir immer wieder aufgezeigt hat, geblieben bin und damit eine Mitschuld an dem trage, was passiert ist. Zugleich weiß ich aber auch, dass Dante mich zurückgeholt hätte. Ganz egal, wie weit Robin mich von ihm weggebracht hätte – Dante hätte uns gefunden. Er hätte *mich* gefunden, weil da etwas in ihm ist, das nicht ohne mich sein kann.

Dass ich das passende Gegenstück dazu in mir getragen habe, war der Grund dafür, dass ich bis zum Ende geblieben bin.

Doch jetzt ist da nichts mehr.

Dante hat es zerstört. Mit allem, was er getan hat, hat er so lange darauf eingeschlagen, bis es in millionen kleine Teile zersprungen ist, die ich nicht mehr zusammensetzen kann. Dabei waren die körperlichen Wunden nicht die, die den größten Schaden angerichtet haben. Es war die seelische Folter, die er mir zuteilwerden ließ. Der Zwang. Seine Worte. Die Wut, die sich gegen mich richtete und ihn grauenvolle Dinge glauben und sagen ließ. Der Entzug von Licht und Wärme und Liebe. Das war es, womit er mich und meine Gefühle für ihn gebrochen hat.

Dennoch will irgendetwas in mir, dass er endlich hier auftaucht. Es will ihn sehen. Sich davon vergewissern, dass es ihm gut geht und er wirklich wieder er selbst ist. Es will in diese dunklen Iriden blicken und wissen, ob das Herz aus Gold wieder richtig schlägt und der Hass verschwunden ist.

Aber ich wage es nicht, meinen Wunsch auszusprechen.

Dennoch glaube ich manchmal, ihn zu hören. Glaube, diese weiche, raue Stimme zu hören, wenn ich abends in den Schlaf abdrifte und Robin das Zimmer verlässt. Vermutlich ist es jedoch nur ein weiterer Streich meiner Psyche, die die Stimmen von Pflegern und anderen Patienten, die sich auf dem Flur aufhalten, so verzerrt, dass ich denke, es sei Dante.

»Was passiert jetzt?«, frage ich Robin, als er die Schale mit dem Salat wieder anhebt, um weiter zu essen. »Wenn ich wieder fit bin, meine ich.«

Sein Blick ist weiterhin nach unten gerichtet, während er die Stirn leicht runzelt. Dann sieht er doch zu mir auf, wobei eine Spur von Trauer auf seinem Gesicht liegt. »Das liegt ganz bei dir, Winter. Du kannst tun, was immer du willst.«

Ich schaue auf meine Hände. »Wenn ich nur wüsste, was ich will.«

Es macht mich wahnsinnig. Seit über zwei Wochen liege ich hier, wenn ich nicht gerade mit Robin durch den Park der Klinik spaziere, und überlege, was ich machen oder wo ich hingehen soll. Doch egal, welche Möglichkeiten ich haben mag, es fühlt sich an, als würde mir die richtige Antwort auf diese Frage auf der Zunge liegen. Wie ein Wort, das einem nicht einfällt, aber so greifbar erscheint, dass man frustriert aufstöhnt, weil man einfach nicht darauf kommt.

»Was wirst *du* tun?«, will ich von Robin wissen und schaue wieder zu ihm auf.

Er erwidert meinen Blick mit neutraler Miene. »Ich bleibe.«

»Bei ihm.«

Er nickt.

»Wegen der Tiere?«

Robin stellt die Schale endgültig weg und lehnt sich nach vorn, um die Ellenbogen auf den Knien abzustützen, wobei er vor sich auf den Boden zu schauen scheint, doch ich erkenne, dass es etwas anderes ist, das er sieht. »Dante wusste es von Anfang an«, beginnt er mit leiser, ernster Stimme. »Dass wir Brüder sind.«

Ich drehe mich auf die Seite und lege meinen Kopf auf meinem angewinkelten Arm ab, während ich Robin betrachte, aber schweige.

»Meine Mutter hat mich allein großgezogen. Sie hat nie ein Geheimnis daraus gemacht, dass ich das Ergebnis einer einmaligen Sache bin. Als ich alt genug war, fragte sie, ob ich wissen wolle, wer mein Dad ist, aber da ich ihn nie vermisst habe und er mich offensichtlich auch nicht, sagte ich Nein. Wieso sollte ich jemanden kennenlernen oder auch nur seinen Namen wissen wollen, wenn er sich nicht für mich interessiert? Es erschien mir sinnlos. Ich brauchte ihn nicht. Es ging mir auch ohne ihn gut, weshalb ich nie Nachforschungen angestellt habe.

Aber Dante hat es getan. Kurz nachdem er ihn umgebracht hatte, fand er heraus, dass Matteo nicht nur spielsüchtig war. Er schien außerdem ein notorischer

Fremdgeher gewesen zu sein.« Robin hebt den Blick und sieht mich mit einem traurigen Lächeln an. »Und ich bin das Produkt einer seiner Seitensprünge.«

»Wie alt bist du?«, frage ich, obwohl es sich seltsam anfühlt, so etwas zu erfragen, nachdem er monatelang neben mir durch die Hölle gegangen ist.

»Dante ist mein großer Bruder«, antwortet Robin und schüttelt dann mit einem leisen Lachen den Kopf. Dennoch entgeht mir der leise Klang von Stolz in seiner Stimme nicht. Er führt dazu, dass mir die Kehle eng wird.

»Er ist sieben Jahre älter als ich. Als er von mir erfahren hat, war ich also gerade mal zehn, was wirklich verrückt ist, weil er zu diesem Zeitpunkt schon mehr Morde begangen hat, als ich Geld in meinem Sparschwein hatte.«

Ein weiteres Lachen entkommt ihm, das nun jedoch von einer Spur Missfallen getrübt ist. Ich kann es ihm nicht verübeln. Auch ich war nie begeistert von Dantes Berufung, doch für Robin muss all das inzwischen eine ganz neue Bedeutung haben. Eine, die ich mir vermutlich nicht mal vorstellen kann.

»Ihm war klar, dass er nicht einfach bei meiner Mutter aufschlagen und ihr sagen konnte, dass er mein Bruder ist und mich gern kennenlernen würde. Ich weiß es nur aus seinen Erzählungen, aber Dante war damals noch nicht so … strukturiert in dem, was er tat. Er fing gerade erst damit an, in diese Rolle hineinzuwachsen, die er sich selbst auferlegt hatte, also war es schlicht zu gefährlich. Das hinderte ihn aber nicht daran, mein Leben zu verfolgen. Wenn auch aus der Ferne.«

Gegen meinen Willen schüttelt es mich.

Hier im Krankenhaus – weit weg von Dante und allem,

was ihn ausmacht – ist es leicht, zu vergessen, was er sein halbes Leben lang getan hat. Doch das ändert nichts an den Tatsachen. »Er ist wirklich gruselig«, murmle ich, woraufhin Robin erneut lacht.

»Was du nicht sagst.« Dann setzt er sich auf, bevor er sich zurücklehnt und die Arme locker vor der Brust verschränkt. »Als ich meinen Abschluss in der Tasche hatte, wusste ich noch nicht, was ich machen sollte. Aber Dante hat natürlich nichts dem Zufall überlassen und einen Zettel in unseren Briefkasten geworfen. Er sah aus wie einer dieser Flyer, die manchmal von ansässigen Unternehmen verteilt wurden, wenn sie Mitarbeiter suchten. Nichts Ungewöhnliches also, aber er kam zur perfekten Zeit und mit dem perfekten Angebot. Dante muss mich all die Jahre beobachtet haben, denn er wusste genau, dass ich körperliche Arbeit an der frischen Luft mochte und genug verdienen wollte, um meiner Mom etwas unter die Arme greifen zu können. Es hat uns zwar an nichts gefehlt, aber viel hatten wir dennoch nie. Auch etwas, das Dante gewusst hat. Also köderte er mich damit, und jung und naiv, wie ich war, nahm ich den Job sofort an.«

»Du wusstest also nicht von Anfang an, dass er …«

»Natürlich nicht«, antwortet er lachend. »Ich mag naiv gewesen sein, aber nicht so dumm, als dass ich bei einem Auftragskiller geblieben wäre. Nein. Er hat es mir erst ein paar Jahre später gesagt. Ich habe zwar recht schnell gemerkt, dass irgendwas an ihm faul ist, aber du kennst ihn ja. Er ist wie der Teufel. Wenn er redet, glaubt man, was er sagt, sei die einzige Wahrheit. Dabei übergießt er die Tatsachen jedoch mit Zuckerguss, um sie süßer schmecken zu lassen, als sie sind.«

Die Erinnerung an den Tag, an dem Dante mir seine Geschichte erzählte, taucht in meinem Kopf auf, und ich kann Robin nur recht geben. Dante ist wirklich ein Meister darin. Und doch kann ich es ihm nicht verübeln. Er ist womöglich einer der wenigen Menschen, die begriffen haben, dass es zwischen Weiß, Grau und Schwarz so viele Schattierungen gibt, dass man sich nicht anmaßen sollte, sie alle zu beurteilen.

»Ich hasse es auch«, erkläre ich nach einer Weile des Schweigens, weil Robins Blick ins Leere abgedriftet ist und sich ein verbissener Ausdruck um seinen Mund gelegt hat. »Aber …« Nun entkommt mir ein freudloses Lachen. »Wenn er nicht der wäre, der er ist, würde ich jetzt womöglich tot unter der Erde liegen.« Denn selbst, wenn mein Vater niemanden angeheuert hätte, um mich töten zu lassen: Ich wollte in dieser Nacht Selbstmord begehen. Und wäre Dante nicht aufgetaucht, hätte ich es auch getan.

Robins Blick fokussiert sich wieder und landet auf mir. Er sieht mich lange an, bevor er tief durchatmet und seine Arme löst, um sich mit den Händen über das Gesicht zu reiben. »Das ist so verrückt«, murmelt er dabei leise, und ich kann ihm nur zustimmen.

Es *ist* verrückt. Alles daran. Aber so ist das Leben. Es ist verrückt und unvorhersehbar und oft grausam. Aber es trägt auch so viel Schönes in sich …

»Du hast einen Bruder, Robin«, flüstere ich und strecke meine Hand aus, um sein Knie zu drücken. »Und weißt du was? Ich glaube, er liebt dich mehr als alles andere.«

Robins Augen werden feucht, als er seine Hand auf

meine legt und dabei ein schiefes Lächeln zustande bringt. »Weißt du, was das Verrückteste ist?«

Ich schweige und rühre mich nicht, weil er es mir gleich sagen wird.

»Ich liebe diesen Wahnsinnigen auch. Und ich bin verdammt stolz darauf, dass er mein großer Bruder ist.«

Tränen sammeln sich in meinen Augen, weil ich sehen kann, dass Robin bis zu diesem Moment dagegen angekämpft hat. Er erlaubte es sich nicht, diese Gefühle zuzulassen oder sie gar in Worte zu fassen, weil er glaubte, sie wären falsch. Er dachte, er dürfe nicht so für jemanden empfinden, der grausame Dinge getan hat. Dass er Dante nicht lieben und erst recht nicht stolz darauf sein dürfe, sein Bruder zu sein. Aber das ist nicht richtig. Und es flutet mich mit Glück, dass Robin diese Liebe endlich zulässt.

»Das ist überhaupt nicht verrückt«, entgegne ich mit leicht brüchiger Stimme. »Ich weiß genau, wie sich das anfühlt, und ich sage dir: Es ist nicht verrückt. Kein bisschen.«

DREIUNDZWANZIG
WINTER

Ich wurde in ein anderes Zimmer verlegt, da keine Intensivbetreuung mehr notwendig sei, die Ärzte mich wegen der langanhaltenden Mangelernährung aber noch hierbehalten wollen. Vermutlich versuchen sie jedoch nur, noch mehr Geld aus Dante zu bekommen, der scheinbar ohne ein Wimpernzucken alles bezahlt, was ich benötige oder will.

Ich habe sogar eine Pflegerin, die nur mir zugeteilt ist, obwohl meine Wunden inzwischen verheilt sind und ich schon lange keine Hilfe mehr bei etwas benötige.

Ein Teil von mir würde ihm dafür gern den Hals umdrehen. Es fühlt sich wie Hohn an, dass er mir nach dieser schier endlosen Zeit, die er mich im Keller von der Decke baumeln ließ, nun diesen Luxus zukommen lässt. Denn nichts anderes ist das neue Zimmer, in dessen Mitte ich seit über fünf Minuten wie angewurzelt stehe. Es ist vollkommen überzogen, und ich vermute, dass hier für gewöhnlich die reichsten der Reichen nach einem Facelifting ihre Gesichter verstecken, bis sie wieder vorzeigbar sind.

»Trinkt er wieder?«, frage ich Robin abwesend, während er mit meinen Sachen reinkommt.

»Nicht, dass ich wüsste.« Er stellt die Tasche ab, die voll ist mit Dingen, die Dante ihn für mich hat kaufen lassen.

Wir reden kaum über ihn. Robin, weil er Fingerspitzengefühl beweisen will. Ich, weil ich mir etwas beweisen will, von dem ich nicht mal weiß, was genau es ist. Denn ich *will* über Dante reden. Ich will *mit* ihm reden, aber da ist ein Schmerz in mir, der es mir nicht erlaubt.

Es wäre ganz einfach. Ein Wort zu Robin, und er würde Dante sagen, dass er herkommen soll. Und Dante *würde* kommen. Dieses Zimmer und alles andere sprechen deutlich dafür, dass da etwas in ihm ist. Vermutlich ist es jedoch nur sein schlechtes Gewissen, denn ich wage es nicht, daran zu glauben, dass man noch Liebe für jemanden empfinden kann, den man so sehr gehasst hat wie er mich.

Man hätte mir nehmen können, was immer ich habe. Alles bis auf dich, Baby.

Immer wieder gehen mir diese Worte durch den Kopf. Dabei blende ich aus, was er an diesem Tag getan hat. Ich blende aus, dass er mich immer wieder gegen meinen Willen bis an den Rand eines Orgasmus' getrieben hat, um mich dann unbefriedigt stehen zu lassen. Blende aus, mit welcher Grausamkeit er dabei ausgenutzt hat, dass er meinen Körper besser kennt als jeder andere. Und ich blende aus, dass ich glaubte, sogar in diesem Moment etwas von seiner Liebe für mich aufflackern zu sehen, weil es mir einfach unmöglich erscheint. Er kann mich nicht mehr lieben, sonst hätte er mir all das niemals angetan.

Winter …

Der letzte Augenblick, bevor ich den Abzug betätigt habe, ist schlimmer. Wie er meinen Namen ausgesprochen hat … Und dieser Kuss. Der Kuss, der darauf folgte und so wahnsinnig nach Verzweiflung, Angst und Sorge schmeckte. Der Kuss, bei dem ich mir bis heute nicht ganz sicher bin, ob er real gewesen ist, weil ich dachte, ich sei tot. Aber wen soll ich auch fragen, ob er echt war? Nur Dante kann mir sagen, ob diese Erinnerung in meinem Kopf wirklich das ist oder nichts weiter als eine Halluzination, die von meinem Todeswunsch heraufbeschworen wurde.

Ich weiß nicht mehr, was ich denken soll. Und vor allem weiß ich nicht, was ich fühle.

Es ist der blanke Horror. Ich habe diesen Mann so sehr geliebt, dass ich durch jede Hölle für ihn gegangen bin. Unaussprechliches habe ich ertragen, weil ich hoffte, ihn so wieder bei mir haben zu können. Aber es hat nicht gereicht. Nichts von dem, was ich getan oder ertragen habe, brachte ihn zurück. *Nichts.* Bis auf meinen Tod. Doch selbst das ist kein Garant dafür, dass er noch etwas für mich empfindet.

Aber ist es das, was ich will? Will ich, dass jemand sich nur dann an seine Liebe zu mir erinnert, wenn er befürchtet, dass ich sterben könnte?

»Ich werde hier noch wahnsinnig, Robin.«

Er wendet sich mir zu und sieht mich mit gerunzelter Stirn an. »Die Ärzte haben –«

»Die Ärzte wollen Dante nur melken«, unterbreche ich ihn harsch. »Es geht mir gut. Ich bin kerngesund!«

»Du passt in keine deiner Hosen, Winter. Sie sind dir alle zu groß, weshalb ich neue kaufen musste.«

Augenrollend gehe ich zu dem Queensize-Bett und lasse mich auf die Matratze fallen, um nach oben an die stuckverzierte Zimmerdecke zu blicken. Es erstaunt mich beinah, keinen Kronleuchter zu sehen. »Ich will nach –«

Abrupt stoppe ich mich selbst. *Nach Hause?* Wo soll das sein? Ich habe kein Zuhause mehr. Es gibt keinen Ort, an den ich gehen könnte. Nirgendwo wartet jemand auf mich, dem ich etwas bedeute. Der einzige Mensch, dem etwas an mir liegt, ist Robin. Und zu ihm werde ich ganz sicher nicht gehen, weil es bedeuten würde, dass ich auf Dantes Farm leben müsste. Zudem ist Robins Häuschen zwar nicht klein, als WG jedoch eher ungeeignet.

»Ich will weg«, murre ich. »Hier denke ich zu viel nach.«

Robin sieht die schneeweißen Handtücher durch, die das Klinikpersonal in einen der Schränke geräumt hat. »Worüber?«

Eine Augenbraue hebend drehe ich den Kopf und schaue ihn bedeutungsschwer an, als er sich mir endlich zuwendet.

»Okay …«, sagt er gedehnt, bevor er die Schranktür schließt und zu mir kommt, um sich neben mich auf das Bett zu legen und meinem Blick zu folgen, der wieder zur Decke geglitten ist. »Ich würde es verstehen, falls du das nicht möchtest, aber du kannst jederzeit mit mir reden. Über ihn und das, was er … Was passiert ist.«

Kann ich das? *Will* ich das? Mein Leben lang habe ich

niemanden gehabt, mit dem ich über die Dinge sprechen konnte, die mir angetan wurden. Alles, was ich ertragen habe, musste ich allein durchstehen, und das hat mich zu jemandem gemacht, der nicht über das reden muss, was geschehen ist. Vermutlich ist es unklug und selbstzerstörerisch, aber ich habe in all den Jahren gelernt, dass man das, was man nicht ändern kann, akzeptieren sollte. Also akzeptiere ich auch, was in Dantes Keller passiert ist, ganz gleich, wie grausam es war.

Ja, die Erinnerungen werden immer bleiben. Nicht einmal Robin weiß davon, aber ich hatte in manchen Nächten solche Angst, dass ich nur noch ein zitterndes, lautlos weinendes Etwas war, das da an der Decke hing. Auch die Albträume, in denen ich Dantes Hass wie Krallen auf meiner Haut spüre, sind etwas, das ich mit niemandem besprechen möchte.

Es ist *mein* Schmerz, und es reicht, dass ich ihn fühlen muss.

»Erzähl mir lieber von Alicia«, sage ich daher und hoffe, dass es mich ein wenig ablenkt, wenn Robin von seiner Tochter spricht.

Er holt hörbar Luft und macht damit deutlich, dass er nicht auf meine Bitte eingehen wird. »Ich habe dir doch schon alles erzählt und dir Fotos vom Grab gezeigt.«

Mein Mund verzieht sich.

»Ich hätte es nicht besser machen können als er«, fügt er leise an.

Als *Dante*.

Mein Leben scheint sich nur noch um ihn zu drehen, dabei ist er nicht mal hier.

»Hat er dir je erzählt, wieso er euren Vater umgebracht hat?«, frage ich mit dünner Stimme, ohne zu wissen, wieso.

Erneut atmet Robin tief durch. »Ja. Allerdings erst vor Kurzem.«

Wut schwingt in seinen Worten mit und lässt sie bitter klingen. Doch ich bin mir ziemlich sicher, dass sie nicht gegen Dante gerichtet ist. Dieses Mal zumindest nicht.

Es sind die Gedanken daran, was ihr Vater für ein bösartiger Mensch war. Es ist das Wissen darum, dass Matteo seine Frau und den gemeinsamen Sohn jahrelang misshandelt und Dante mit der Quälerei der Pferde an den Rand des Wahnsinns getrieben hat.

»Mach nicht den gleichen Fehler wie er«, sage ich sanft. »Keiner von euch beiden ist wie euer Vater.« Bei meinen Worten drehe ich den Kopf.

Robin tut es mir gleich und sieht mir in die Augen, ohne etwas zu erwidern. Stattdessen stehen Dankbarkeit und eine Art von Liebe darin, wie man sie nur für jemanden empfinden kann, mit dem man Grausames erlebt hat.

Nach einiger Zeit blicke ich wieder nach oben, während sich mir die Kehle zuschnürt und meine Brust eng wird. »Was, wenn ich ihn doch noch liebe?«, bringe ich beinah lautlos hervor. »Wäre es dumm? Wäre es dumm von mir, ihn immer noch zu lieben, Robin?«

Als eine einsame Träne meine Wange runterläuft und von dem teuren Bettzeug aufgesaugt wird, greift er nach meiner Hand und verschränkt seine Finger so fest mit meinen, dass es beinah schmerzt. »Ganz ehrlich? Ich weiß es nicht. Und ich fürchte, dass du das selbst rausfinden musst.«

Wenn ich doch nur wüsste, ob ich das überhaupt möchte …

»Tust du es denn?«, will er irgendwann leise wissen. »Ihn noch lieben?«

»Ich weiß es nicht«, gestehe ich. »Er sollte mir egal sein. Ich sollte ihn hassen, oder nicht? Stattdessen kann ich nicht aufhören, an ihn zu denken, und … das macht mich wahnsinnig.«

Robin überlegt lange, bevor er tief einatmet und antwortet. »Wenn ich in den letzten Wochen eine Sache gelernt habe, dann dass es okay ist, jemanden zu lieben, obwohl man ihm nicht vergeben kann, was er getan hat. Weil diese zwei Gefühle – Liebe und Schmerz – oft Hand in Hand gehen, sich zugleich jedoch nicht gegenseitig beeinflussen. Man kann nur von denen wirklich verletzt werden, die man liebt. Gleichzeitig muss diese Liebe nicht aufhören, nur weil der Schmerz zu stark ist. Aber ich glaube, es ist wichtig, dass man beides zulässt. Denn sowohl die Liebe als auch der Schmerz wollen gefühlt werden. Also fühle, Winter. Egal, was es ist.«

VIERUNDZWANZIG
DANTE

»Mister Deluca ... Darf ich Sie etwas fragen?«

Ich schiebe die unterzeichneten Papiere zurück in den Umschlag und hebe den Blick, um den meines Notars zu erwidern. Meyers ist ein harter Hund, weswegen ich froh bin, an ihn geraten zu sein. Aber letztendlich ist er nichts weiter als das: ein Mann, der die Regeln befolgt und seinen Job macht. »Nur zu«, erwidere ich daher ruhig und lehne mich auf dem Stuhl zurück, um ihn über den Tisch hinweg anzusehen.

Er räuspert sich und legt seine Brille ab. »Diese Ehe ... Mit November Sym–« Es folgt ein erneutes Räuspern, das wohl entschuldigend klingen soll. »November Deluca.«

Ich hebe eine Augenbraue, warte aber geduldig ab, obwohl es mir schwerfällt, ruhig zu bleiben, weil er Winters anderen Namen benutzt hat.

»Ist sie echt?«

»Was denken Sie, Mister Meyers?«, frage ich zurück, wobei mein Gesichtsausdruck nichts verrät.

Nickend presst er die Lippen für einen Moment fest aufeinander. Er kennt mich zu gut, um nicht zu ahnen, wieso ich bei meinen Hemden die Farbe Schwarz bevorzuge. Ich rieche förmlich nach Blut und Verbrechen, aber solange er keine Beweise hat, bleibt ihm nichts anderes übrig, als brav die Dokumente zu unterschreiben, die eine notarielle Beurkundung benötigen. Es funktioniert seit Jahren, und solange keiner von uns beiden eine falsche Bewegung macht, wird es auch weiterhin gutgehen.

»Weiß sie wenigstens davon?«

Ich beuge mich langsam vor und lege meine Unterarme auf der spiegelglatten Tischplatte ab, wobei sich meine Mundwinkel leicht kräuseln. »Es war *ihre Idee*«, antworte ich ruhig. »Sie war diejenige, die die Fotos machen ließ. Ihren Ring hat sie selbst ausgesucht. Das Datum? Ihre Idee. Dass sie meinen Namen angenommen hat? Ebenfalls ihre Idee. Man könnte sagen, ich habe kein Sterbenswörtchen davon gewusst und hatte nichts zu melden.« Ich lehne mich wieder zurück. »Also ja. Sie weiß definitiv davon.«

Er sieht mich eine Weile schweigend an, bevor sein Blick zu dem Umschlag mit den Dokumenten gleitet und er mit dem Kinn darauf deutet. »Wozu dann das alles?«, will er wissen. »November und Ihr Bruder sind –«

»Das überschreitet Ihren Aufgabenbereich, denken Sie nicht?« Ich erhebe mich und knöpfe meinen Anzug zu, wobei Meyers für den Bruchteil einer Sekunde zu dem Schulterholster sieht, bevor es unter dem Stoff verschwindet. »Stellen Sie keine Fragen, deren Antworten Sie nicht hören wollen.« Dann greife ich nach dem Kuvert, klopfe zum Abschied einmal auf den Tisch und gehe ohne ein weiteres Wort.

Robin wird mich dafür hassen. Und Winter ... Sie wird mich vermutlich ebenfalls hassen, doch es ist das Mindeste, was ich tun kann. Meinen Notar geht es nichts an, dass diese Ehe wackliger ist als ein verdammtes Kartenhaus, da ich meine Frau über Monate hinweg gefoltert habe und sie mich vermutlich nie wieder sehen will. Er muss nicht wissen, dass sie jederzeit die Scheidung einreichen könnte und ich die Papiere augenblicklich unterzeichnen würde, nur damit sie bekommt, was immer sie will. Und er muss vor allem nichts von meinem Plan wissen, der die Unterlagen, die ich nun auf den Beifahrersitz werfe, notwendig macht. Ebenso wie Robin und Winter. Denn obwohl Letztere mich vermutlich gern tot sehen würde, glaube ich kaum, dass die beiden zulassen würden, was ich vorhabe.

Ich sitze mit dem Laptop auf dem Schoß auf dem Boden meines Badezimmers, obwohl es nach dem Kellerraum das nächste Zimmer in diesem Haus ist, das ich meide, so gut es irgendwie geht, weil mich alles hier an Winter erinnert. Da es vor einigen Monaten jedoch zu einem kleinen Unfall im neuen Stall kam, bei dem es einer der unkastrierten Böcke zu den Ziegen schaffte, habe ich keine andere Wahl. Denn dieser Unfall wurde von seiner Mutter verstoßen und braucht jetzt etwa alle zwei Stunden sein Fläschchen, weswegen ich ihn kurzerhand in meinem Bad einquartiert habe.

Während ich also die Bewerbungen durchgehe, weil ich jemanden einstellen muss, der sich um die kranken und verletzten Tiere kümmert, nuckelt der kleine Ziegenbock fleißig an der Flasche, die ich in der linken Hand halte, wobei sein Schwänzchen wie verrückt hin und her zuckt und er laute Schmatzgeräusche von sich gibt. Es ist ermüdend, aber zugleich erdet es mich auch und lenkt mich davon ab, an Winter zu denken.

Zu wissen, dass ich alles dafür tue, damit zumindest ihre körperlichen Wunden heilen können, ist ein schwacher Trost. Kein Geld der Welt könnte aufwiegen oder wieder gutmachen, was ich ihr zugemutet habe, weshalb mich Robins Worte umso mehr wundern, als er plötzlich in der offenen Tür erscheint, deren Durchgang wegen des Ziegenböckchens von einem Türgitter versperrt wird.

»Ich glaube, sie will dich sehen. Du solltest also endlich mit ihr reden«, sagt er anstelle einer Begrüßung und lehnt sich mit der Schulter am Türrahmen an, als ich zu ihm aufsehe, während er das Böckchen dabei beobachtet, wie es die Flasche langsam, aber stetig leert.

»Wieso?«, erwidere ich ernst und lenke meinen Blick wieder auf den Bildschirm. »Was auch immer sie sagen will, kann sie dir sagen.«

Robin gibt ein missbilligendes Schnalzen von sich. »Es geht nicht um das, was *sie* sagen könnte«, erklärt er. »Sondern darum, was *du* ihr zu sagen hast.«

Ich gebe vor, weiter die Vorzüge des Bewerbers zu lesen, doch in Wahrheit verschwimmen die Buchstaben bei der Vorstellung, Winter unter die Augen zu treten.

Ja, ich habe Angst vor ihr und dem, was passiert, wenn wir uns sehen. Denn sind wir mal ehrlich: Nichts, was ich sagen kann, würde auch nur annähernd ausreichen. Es gibt keine Worte, mit denen man für das, was ich getan habe, um Entschuldigung bitten kann, da es unverzeihlich ist. Nicht einmal Winter könnte so gutherzig sein, mir zu vergeben. Weil ich zu weit gegangen bin. Weil ich Dinge getan habe, mit denen ich sie da getroffen habe, wo es am meisten wehtut. Weil ich sie und alles, was sie ausgemacht hat, zerstört habe, und sie sich deswegen umbringen wollte.

Wenn man es genau nimmt, bin ich keinen Deut besser als Victor. Ich bin sogar schlimmer als er, weil ich ihre wunden Punkte genau gekannt und sie ausgenutzt habe. Von all den Monstern in ihrem Leben bin ich eindeutig das schlimmste, und sie sollte mich nie wieder sehen müssen.

»Dante ... Als dein Bruder –«

»Oh, komm schon«, halte ich ihn auf. »Du willst wirklich diese Karte ausspielen, Robin?« Ich hebe den Kopf wieder und sehe ihn an.

Er zuckt bloß mit den Schultern. »Als dein Bruder sage ich: Rede mit ihr. Das bist du ihr schuldig.«

»Ich bin es ihr schuldig, dass ich mich von ihr fernhalte.«

Robin lacht leise auf. »Das hat ja bisher super funktioniert«, murmelt er und wendet sich ab.

Einzig der kleine Ziegenbock, der noch immer an seiner Flasche hängt, hält mich davon ab, aufzustehen und meinem kleinen Bruder klarzumachen, dass er trotz allem nicht derjenige ist, der hier die Ansagen macht. Das und die Tatsache, dass es verdammt befreiend ist, eins der größten und schwerwiegendsten Geheimnisse meines bisherigen Lebens nicht mehr unter Verschluss halten zu müssen.

Ich erinnere mich noch genau an den Tag, an dem ich Robin das erste Mal gesehen habe. Obwohl ich erst siebzehn war, traf mich die Wucht der Fürsorge, die ich für diesen Jungen, der mit seinen Freunden auf einer matschigen Wiese Softball spielte, wie eine Abrissbirne. Das da war *mein Bruder*. Der Junge, der so unbeschwert und glücklich durch den Schlamm rutschte und lauthals lachte, hatte denselben Vater wie ich, und das machte ihn zum wertvollsten Menschen in meinem Leben.

An diesem Tag schwor ich mir, dass ich alles dafür tun würde, dass er ein besseres Leben hat als ich.

Seine Mutter zu kontaktieren, wäre waghalsig gewesen, weil bereits damals Blut an meinen Händen klebte und ich Feinde gesammelt hatte wie andere Leute Briefmarken. Da sie jedoch ein guter Mensch war und ihrem Sohn alles ermöglichte, was sie konnte, hielt ich mich im Hintergrund. Bis es an der Zeit war, ihn zu mir zu holen.

Robin hat mir dafür beinah ein weiteres Mal die Nase gebrochen, doch ich kann es ihm nicht verdenken. Es war manipulativ und hinterhältig, ihn unter Vorenthaltung der Tatsachen bei mir anzustellen, aber ich konnte nicht zulassen, dass es ihm an irgendwas mangelt. Und ich wollte ihn um mich haben. Ich wollte alles von ihm wissen. Wollte ihn kennenlernen und herausfinden, was ich durch bloßes Beobachten und Recherchieren niemals erfahren hätte. Ich wollte wissen, was für ein Mensch er ist, und ihn beschützen, weil es als großer Bruder meine Pflicht ist, genau das zu tun.

Dass ich ihm nie offenbart habe, wer ich wirklich bin, entsprang purer Feigheit. Ich hätte es nicht ertragen, wenn der Mann, der nicht nur zu meinem besten Freund wurde, sondern auch mein Bruder ist, sich von mir abgewandt hätte. Anfangs schob ich es nur vor mir her und sagte mir immer wieder, dass ich nur noch ein wenig mehr Zeit bräuchte. Aber je mehr davon verging, desto größer wurde meine Angst vor seiner Reaktion. Es war einfacher, ihm zu sagen, dass ich die Farm nicht ausschließlich mit Wertpapierhandel finanzierte. Denn hätte er mir wegen der Morde den Rücken gekehrt, wäre das nichts gewesen, was mich persönlich getroffen hätte. Es war tatsächlich das harmlosere, ungefährlichere Geheimnis.

Mit den Jahren wuchs die Wahrheit jedoch zu etwas heran, das ich nicht mehr aussprechen konnte. Immerhin hatte es weiß Gott genug Gelegenheiten gegeben, um ihm zu sagen, dass wir verwandt sind. Dass Robin wutentbrannt verschwunden ist, als Winter die Bombe platzen ließ, war also etwas, das ich erwartet habe. In diesem Augenblick hasste ich sie sogar noch mehr, als ich es zuvor getan hatte, doch zugleich hat sie mir damit auch eine Last von den Schultern genommen. Ohne Winter hätte Robin vermutlich nie erfahren, dass wir Brüder sind. Und ich hätte nicht gewusst, wie es sich anfühlt, vom gleichen Fleisch und Blut geliebt zu werden, obwohl man zu einem der abartigsten Monster geworden ist, die es gibt.

Dennoch werde ich mich Winter nicht mehr nähern. Sie hat es nicht verdient, ihrem Peiniger in die Augen sehen zu müssen. Alles, was sie jetzt braucht, ist Ruhe, Frieden und ein Leben ohne Monster. Erst recht, wenn eines davon sie so sehr liebt, dass es ohne sie kaum noch atmen kann.

FÜNFUNDZWANZIG
WINTER

Der Vollautomat in der Kochnische meines Zimmers, das mehr eine Suite ist als ein Krankenzimmer, will sich einfach nicht mehr dazu bequemen, mir einen Kaffee zu machen. Dabei ist das eins der wenigen Dinge, die mir hier gerade Freude bereiten: eine heiße Tasse Kaffee mit drei Löffeln Zucker und Haselnusssirup für den Geschmack. Aber nein … Nicht einmal das ist mir gegönnt.

Es mag undankbar wirken, aber ich fühle mich hier inzwischen beinah genauso eingesperrt wie in Dantes Keller. Die Ärzte bestehen darauf, mich noch so lange hierzuhalten, bis ich das von ihnen vorgeschriebene Gewicht erreicht habe. Robin sagt ständig, dass ich es auskosten und mich erholen soll. Und Dante hat mit allem dafür gesorgt, dass ich dieses Zimmer nicht verlassen muss, da es mir hier an nichts mangelt, während er mir den einzigen Ort genommen hat, der sich jemals wie ein echtes Zuhause anfühlte: seine Farm.

Leise fluchend nehme ich die leere Tasse vom Abtropf-gitter und beschließe, im Schwesternzimmer um einen Kaffee zu bitten. Ich könnte auch einfach einen der unzäh-ligen Klingelknöpfe betätigen, die im ganzen Raum verteilt sind, um Doloris, meine persönliche Pflegerin, zu rufen, aber es schadet nicht, mir ein wenig die Beine zu vertreten. Zudem kann ich dieses Zimmer nicht mehr sehen.

Ich gehe nach draußen und ziehe die Tür hinter mir zu, um mich nach links zu wenden, doch als mein Blick sich hebt, erstarre ich.

Vor der Tür am Ende des Flurs, die zum Treppenhaus führt, steht mein behandelnder Arzt und scheint eindring-liche Worte auszusprechen. Ich kann jedoch kein einziges davon verstehen, da alles in mir plötzlich taub wird, als ich erkenne, auf wen er da einredet.

Es ist Dante, der in einem seiner maßgeschneiderten Anzüge dasteht und sich sichtlich genervt über die Stirn reibt.

Sein Anblick macht seltsame Dinge mit mir. Unbändige Angst will sich in mir ausbreiten, weil mein Körper und meine Seele augenblicklich an das erinnert werden, was dieser Mann mir angetan hat. Jeder meiner Muskeln will sich anspannen und fliehen, fliehen, *fliehen*. Eine Stimme in meinem Kopf schreit, und mein Magen verkrampft sich schmerzhaft.

Aber da ist noch etwas anderes, das sich in meinem tiefsten Inneren aufbäumt: Sehnsucht.

Mein Herz rast, weil es zu Dante will. Es wird regel-recht von ihm angezogen wie eine Kompassnadel vom Norden, und ich weiß nicht, was ich mit diesem Gefühl tun soll. Weiß nicht, was ich meinem Herz sagen soll, weil ich keinen klaren Gedanken mehr fassen kann, als Dante den Kopf schüttelt und mich dabei erblickt. Sofort erstarrt auch er, und der Ausdruck in seinem Gesicht wird so hart, dass ich nicht darin lesen kann, was er denkt oder fühlt.

Ohne länger auf die Worte des Arztes zu achten, dreht er sich um und greift nach der Klinke der Stationstür, als meine Zunge sich wie von allein löst.

»Dante?«

Mein Arzt blickt zwischen ihm und mir hin und her, während Dante sich versteift und ich die Luft anhalte.

Ich wage es nicht, ihn zu mir zu rufen, aber mich zu bewegen erscheint mir ebenfalls unmöglich. Zudem bin ich mir mit einem Mal nicht mehr sicher, ob ich wirklich mit ihm sprechen möchte. Doch dann wendet er sich mir langsam wieder zu, bevor er die Hände in die Hosentaschen schiebt und auf mich zukommt.

Jeder seiner Schritte lässt mein Herz schneller rasen, bis ich glaube, dass es jeden Augenblick einfach zerbersten wird. Dass ich noch immer nicht atme, ist nicht hilfreich, doch erst als Dante mit gebührendem Abstand vor mir stehen bleibt, schaffe ich es, nach Luft zu schnappen.

»Winter.« Seine Stimme schmiegt sich um den Namen, den er mir gegeben hat, als wäre er eine Delikatesse, und verursacht mir einen heiß-kalten Schauder.

Wie lange habe ich mir gewünscht, diesen Klang wieder zu hören? Ihn *so* zu hören; ohne Hass und Abscheu. Ohne den Wunsch, mir Schmerzen zuzufügen.

Es fühlt sich an wie eine Ewigkeit.

»Wieso bist du hier?«, bringe ich mit kratziger Stimme hervor, weil es eine der wenigen Fragen ist, die nichts mit dem zu tun haben, was in den letzten Monaten geschehen ist.

Dante erwidert meinen Blick mit neutraler, undurchdringlicher Miene. »Geschäftliches«, antwortet er knapp, was etwas in mir weckt, das ich lange nicht mehr empfunden habe: Wut.

Dante versucht, mich abzuspeisen, und das macht mich wütend, weil er doch der eine Mensch ist, der absolut nichts vor mir geheim halten sollte. Er ist derjenige, der immer offen und ehrlich zu mir sein sollte, und dass er glaubt, ich würde mich mit dieser Antwort zufriedengeben, weckt etwas in mir.

Die Arme verschränkend hebe ich eine Augenbraue und lege den Kopf etwas schief. »Wollen sie dir noch mehr Geld abknöpfen?«, frage ich verärgert. »Denn falls ja, entlasse ich mich jetzt selbst.«

Beinah glaube ich, ein Zucken an seinem Mundwinkel zu erkennen, doch sicher bin ich mir nicht. Stattdessen schaut er kurz zur Seite, und als sein Blick mich wieder trifft, erahne ich einen Funken dessen, was in ihm vorgeht.

»Das Geld ist unwichtig.«

Ich schüttle den Kopf und lasse meine Arme wieder sinken. »Du musst das nicht tun«, erkläre ich dann mit etwas sanfterer Stimme. »Es geht mir gut. Ich kann gehen, Dante.«

Seine Brauen ziehen sich für einen Wimpernschlag zusammen, wobei er erst zu meinem Hals und dann in Richtung meiner Hände sieht. »Wir wissen beide, dass ich es muss, Winter.«

Da. Endlich ist da ein Gefühl in seinen Augen zu erahnen. Und es bringt mein Herz dazu, sich zusammen-zuziehen.

»Warst du …« Ich sehe kurz nach unten, wobei ich mich räuspere, bevor ich den Blick wieder hebe. »Warst du hier? In den letzten Wochen?«

Dantes Antwort kommt ohne Zögern. »Jeden Tag.«

Also habe ich mir nicht bloß eingebildet, seine Stimme zu hören.

Ich zwinge das Gefühlschaos in die Knie und atme ein paarmal durch, bevor ich meine Hand ausstrecke und die Tür zu meinem Zimmer wieder öffne. »Komm«, bitte ich ihn und gehe voran, während alles in mir lauthals fleht, er möge mir folgen.

Der Klang seiner Schritte dröhnt mir in den Ohren, als ich die Kaffeetasse abstelle und zum Bett gehe, um mich auf die Kante zu setzen, die dem Fenster zugewandt ist. Dabei spüre ich Dantes Blick auf mir. Er hat die Tür hinter sich geschlossen und muss inmitten des Raums stehenge-blieben sein.

Für einige Minuten herrscht Stille, da ich versuche, meine Gedanken zu sortieren, und Dante mir entweder Zeit geben will, zu feige ist, um zuerst zu sprechen, oder mir einfach nichts zu sagen hat. Erst, als ich sicher bin, dass meine Stimme nicht zittern wird, ergreife ich das Wort, wobei ich es uns beiden erspare, um das herumzure-den, was zwischen uns steht.

»Wie lange war ich in diesem Raum?«, frage ich ruhig, da Robin es mir nicht sagen wollte. Nur dieses eine Mal hat er es offenbart, aber danach habe ich nie wieder eine genaue Angabe von ihm erhalten.

Wieder kommt Dantes Antwort umgehend, als müsste

er nicht überlegen, und ich bin mir unsicher, ob mich das beruhigt oder ängstigt. »Zweihundertneunundsiebzig Tage.«

Zweihundertneunundsiebzig. Das sind über neun Monate. Fast ein Jahr.

»Es kam mir nicht so lange vor«, gestehe ich leicht abwesend, wobei ich nicht mal weiß, ob meine Worte an Dante gerichtet sind. »Du hattest Geburtstag. Du bist zweiunddreißig geworden, und ich war nicht –«

»Hör auf«, unterbricht er mich harsch, doch ich höre, dass da etwas in seiner Stimme mitschwingt, das er nicht verbergen kann. »Mein Geburtstag ist … *Fuck.* Das ist wirklich das Letzte, worüber wir reden sollten, Winter.«

Endlich schaffe ich es, mich umzudrehen. Ich ziehe mein linkes Bein aufs Bett und sehe zu Dante, der, wie von mir angenommen, mitten im Raum steht. Vermutlich, um mir nicht zu nahe zu kommen. Oder aus Angst. »Dann rede«, fordere ich. »Rede und sag, was du zu sagen hast.«

Er sieht mich lange an, wobei er sich keinen Millimeter bewegt, meinem Blick aber auch nicht ausweicht. Es macht mich wahnsinnig, dass ich nicht in seinem Gesicht lesen kann, doch dann bekommt seine Miene einen Knacks und die Maske bricht.

»Ich habe einen Fehler gemacht.«

»Einen *Fehler*?«, wiederhole ich beinah ungläubig. »Das ist es, was du sagen willst? Soll das die Bitte um eine Entschuldigung für das sein, was passiert ist?«

»Nein«, erwidert er ruhig, bevor er die Hände aus den Hosentaschen nimmt und um das Bett herumgeht, um vor mir stehenzubleiben.

Ich sehe zu ihm hoch und weiß nicht, was ich dabei

empfinde. Doch bevor ich mir darüber klar werden kann, sinkt er vor mir auf ein Knie und zeigt mir mit einem Mal alles, was in ihm vorgeht, als er mich von unten anschaut.

»Das soll es nicht, weil man das, was ich getan habe, nicht entschuldigen kann«, erklärt er, wobei die beherrschte Ruhe in seiner Stimme verschwunden ist. Stattdessen klingt er gebrochen und demütig. »Ich würde es nie wagen, dich um Vergebung zu bitten. Niemals. Weil es unverzeihlich war. Weil ich dir nicht geglaubt und dich beinah zerstört habe. Weil ich mein Vertrauen in dich infrage gestellt habe, obwohl du mir nie einen Grund dazu gegeben hast. Alles, worum ich dich noch bitten kann, ist, dass du nicht zulässt, dass dein Hass gegen mich das Gleiche mit dir macht, was mein Hass mit mir gemacht hat.«

Mein Blick ist an seinen geheftet, während ich verarbeite, was er gesagt hat. Doch egal, wie ich es drehe und wende, ich weiß nicht, ob es die Worte sind, die ich von ihm hören wollte. Bis mir klar wird, dass es vollkommen egal ist, was er sagt.

»Ich hasse dich nicht«, bringe ich fast lautlos hervor und merke erst, als die Worte meinen Mund verlassen, wie wahr sie sind. Und wie sehr sie mich erleichtern.

Ich hätte allen Grund dazu, Dante zu hassen. Dennoch tue ich es nicht. Vielleicht liegt es daran, dass mir zu viel Schlechtes widerfahren ist und ich einen Schutzmechanismus entwickelt habe, der mich davon abhält, diejenigen zu hassen, die mir wehgetan haben. Denn Hass ist etwas so furchtbar Einnehmendes … Er verschlingt einen und zerstört alles, was ihm in den Weg kommt. Er frisst einen von innen auf, bis nichts mehr da ist, und raubt einem dabei jegliche Energie. Vielleicht hat meine Seele deswegen entschieden, nicht mehr zu hassen.

Was auch immer der Grund ist: Das, was ich Dante gegenüber empfinde, ist kein Hass.

Sein Mund verzieht sich beinah schmerzerfüllt, bevor er die Augen schließt und den Kopf senkt. Seine Schultern sacken nach vorn, und ich muss erkennen, dass er nicht mich zerstört hat, sondern sich selbst.

Mit dem, was Dante getan hat, als der Hass ihn infizierte, fügte er sich selbst mehr Schmerzen zu als mir. Weil ich stärker bin als er. Weil ich in meinem Leben so viel Schmerz und Abscheu ertragen musste, dass selbst Dantes allumfassender Zorn mich nicht zerstören konnte.

Ich dachte, dass er es getan hätte. Dachte, dass er mich kaputtgemacht hätte, als er mich zweihundertneunundsiebzig Tage in diesem Raum einsperrte, weil es wirklich und wahrhaftig grausam war. Aber es hat mich nicht zerstört, sondern nur gebrochen. Und Gebrochenes kann heilen.

Auch mit einer weiteren Sache lag ich falsch, doch als Dante weiterspricht, befürchte ich, dass mich ebendiese Erkenntnis in die Verzweiflung stürzen könnte.

»Ich werde gehen, Winter. Sobald du gesund bist, verschwinde ich, und du wirst mich nie wieder sehen. Das verspreche ich dir.«

SECHSUNDZWANZIG
WINTER

»Was?«

Dante erhebt sich abrupt und tritt einen Schritt zurück. »Du hast mich schon verstanden«, sagt er leise, aber ernst. »Du bekommst von mir, was immer du willst. Aber dann werde ich gehen.«

Ich schüttle den Kopf, während er sich abwendet und den Raum durchquert. »Was immer ich ... Aber ich will nichts von dir, Dante!«, bringe ich hervor. »Und was soll das heißen, du verschwindest?«

Er reagiert nicht, weshalb ich aufspringe und ihm hinterherlaufe, um mich ihm in den Weg zu stellen. »Was meinst du damit?«

Meinem Blick ausweichend hält er inne, und ich muss feststellen, dass er seine Maske wieder aufgesetzt hat. Eiskalt und unnahbar sieht er an mir vorbei, wobei eine Entschlossenheit in seinen Augen steht, die mir einen Schauder über den Rücken laufen lässt.

»Dante.«

Ich will meine Hand heben und sie an sein Gesicht legen, damit er mich ansieht, doch er weicht einen Schritt zurück, als würde ich ihn verbrennen wollen.

»Nicht«, bringt er mit einem leichten Kratzen in der Stimme hervor. »Es ist okay, Winter.«

Vermutlich ist es hochgradig falsch, was in mir vorgeht, aber da steigt eine Wut in meinem Inneren auf, die mich schier kochen lässt. »Wage es nicht«, drohe ich leise. »Wage es nicht, dich nach allem, was wir beide durchgemacht haben, von mir abzuwenden.«

Ich mache einen Schritt auf ihn zu, woraufhin sich seine Kiefermuskeln anspannen.

»Sieh mich an«, befehle ich und baue mich regelrecht vor ihm auf. »Das bist du mir verdammt noch mal schuldig.«

Er tut es, während erneut Reue über seine Gesichtszüge huscht.

Gut.

»Was ich jetzt sage, ist wahrscheinlich schrecklich dumm und verrückt, aber ...« Ich hole tief Luft, während Dante mich nicht aus den Augen lässt. »Ich vergebe dir.«

Nun zuckt Schmerz in seinem Gesicht auf. Schmerz und Unglaube, doch ich rede weiter, bevor er mich unterbrechen kann.

»Und ich liebe dich. Also wage es nicht, zu verschwinden. Ja, was du getan hast, war ... Es war schlimm.«

Seine Hände verkrampfen sich, als sie sich zu Fäusten schließen.

»Es war schlimmer als alles andere, weil du genau wusstest, was du tust. Weil du wusstest, wie du mich am meisten verletzen kannst. Es war schlimmer als Victor. Es war sogar schlimmer, als von meinem Vater vergewaltigt und regelrecht ausgeweidet zu werden. Es war –«

»*Was?*«

Eine beängstigende Stille breitet sich zwischen uns aus, als mir klar wird, dass ich gerade diese eine Sache offenbart habe, die ich ihm bisher verschwiegen habe. Ich wollte ihm das nicht sagen. Wollte nicht, dass er weiß, dass Victor nicht der Einzige war, der mich in diesen vierzehn Jahren missbraucht hat, weil es Dante durchdrehen lassen würde.

Er legt den Kopf schief und sieht mich mit einem Blick an, der mir eine Gänsehaut beschert und mich zurückweichen lässt. »Habe ich das gerade richtig verstanden?«

Seine Stimme ist nur noch ein bedrohliches, angsteinflößendes Flüstern, während er meinen Bewegungen folgt, bis ich mit dem Rücken gegen die Tür stoße.

»Dante …«

»Dein *Vater*?«, fragt er kaum hörbar, wobei sich sein Mund hasserfüllt verzieht und er die Hände an den Seiten meines Kopfes gegen die Tür legt und auf mich hinabsieht.

Das nimmt kein gutes Ende, schießt es mir durch den Kopf, aber ich kann die Worte nicht zurücknehmen. Sie sind ausgesprochen, und mit ihnen die Wahrheit, die mein Leben ist und Dante wie befürchtet ausrasten lässt.

»Das sagst du mir *jetzt*? Nach allem, was passiert ist? Nachdem ich meiner toten Nichte geschworen habe, dass niemand mehr durch meine Hand stirbt? Jetzt sagst du mir, dass er ein Teil davon war?«

Ich bringe kein weiteres Wort über meine Lippen. Da ist nichts, was ich sagen kann, um ihn zu beruhigen, und obwohl es furchtbar verdreht ist, fühle ich mich schuldig.

Ich bereue, dass ich Dante damit noch mehr Schmerzen und Wut auferlegt habe, denn nichts anderes ist gerade in seinen Augen zu erkennen. Er ist völlig außer sich, weil er begreift, dass das Grauen in meinem Leben viel größeren Ausmaßes war, als er angenommen hat.

»Er ist tot«, erklärt Dante tonlos und bestätigt damit, was ich befürchtet habe. »Ich bringe ihn um.«

Verzweifelt schüttle ich den Kopf und hebe meine Hände, um sie an seine Wangen zu legen. Er will zurückweichen, doch ich lasse ihn nicht und halte ihn bei mir, während ich seinen Blick suche. »Dante«, sage ich beschwörend. »Hör mir zu.«

Ein tiefes, furchterregendes Grollen entweicht ihm, doch er wagt es nicht, sich zu rühren.

»Es ist vorbei, verstehst du? Was auch immer er getan hat: *Es ist vorbei*. Und er ist es nicht wert, dass du dein Versprechen brichst.«

Dante bebt regelrecht. Sein Atem geht tief und schnell, und ich spüre die Wellen aus Zorn, die von ihm ausgehen. Es macht mich fertig, dass meine Unachtsamkeit das in ihm ausgelöst hat, aber wenn es jemand schafft, ihn zu stoppen, dann ich.

»Lass uns gehen, Dante«, versuche ich es weiter. »Lass uns nach Hause gehen. Bitte.«

Er sucht in meinem Blick. Ich weiß nicht, wonach, aber irgendetwas will er darin finden, weswegen ich das Einzige hineinlege, das für mich gerade zählt: meine Liebe zu ihm.

»Lass uns gehen«, bitte ich ihn leise und streiche dabei über seine Wange. »Ich will nach Hause. Bringst du mich nach Hause, Dante?«

Irgendetwas an meinen Worten scheint die richtige, beschwörende Wirkung zu haben, denn er schließt die Augen und lässt den Kopf sinken, bis seine Stirn meine berührt und ich seinen Atem auf meiner Haut spüre.

»Bring mich nach Hause«, rede ich weiter, obwohl meine Beine zittern und mein Herz wie verrückt in meiner Brust hämmert.

Ich weiß weder, ob es richtig, noch, ob es klug ist, aber es ist genau das, was ich will. Ich möchte nicht mehr in dieser absurd opulenten Privatklinik vor mich hinvegetieren. Möchte mich nicht mehr von der Frage zerreißen lassen, ob ich Dante lieben darf, obwohl er schreckliche Dinge mit mir gemacht hat. Ich will keinen Groll gegen ihn hegen und mich nicht fragen müssen, wo ich hin soll, weil es nur einen Platz gibt, an den ich gehöre: an Dantes Seite.

Das zwischen uns war von Anfang an so verworren, wahnsinnig und verrückt, dass es keinen Sinn machen würde, jetzt mit Vernunft eine Lösung zu erzwingen. Und wer entscheidet überhaupt, was vernünftig ist? Wer hat das Recht, darüber zu bestimmen, ob ich den Mann, der mich monatelang gefoltert hat, lieben darf? Wer darf mir vorschreiben, wie ich mit dem, was er getan hat, umzugehen habe?

Niemand. Weil das *mein* Leben ist. Und ich will es an Dantes Seite verbringen, ganz egal, wie grausam seine Taten waren.

»Wie kannst du nur?«, bringt er nach einer Ewigkeit leise hervor und entfernt sich etwas, um mir in die Augen sehen zu können. »Wie kannst du das wollen, Winter?«

Ich streiche mit dem Daumen über seinen Mundwinkel. »Das weißt du ganz genau.«

»Nach allem, was ich getan habe?«

»Das warst nicht du, Dante. Also hör auf, Entscheidungen treffen zu wollen, die nicht die deinen sind«, mache ich ihm klar, weil alles andere zwecklos wäre. Ich werde mich nicht gegen das wehren, was ich für ihn empfinde, auch wenn ich eine Zeit lang dachte, es wäre verloren gegangen. »Kannst du mich jetzt bi–«

Seine Lippen landen auf meinen, und ich atme innerlich regelrecht auf. Er schmeckt wieder wie er. Da ist kein Hass, und obwohl Verzweiflung und Furcht auf seiner Zunge liegen, als er meine damit berührt, ist dieser Kuss genau das, was ich jetzt brauche. Nach all dem Schmerz, dem Leid und den endlosen Monaten, in denen ich Dante verloren habe, brauche ich ihn jetzt mehr denn je, weswegen ich mich an ihn presse und meine Finger in seinen Nacken gleiten lasse, um mich an ihm festzuhalten.

Seine Hände liegen weiterhin an der Tür, bis ich einen frustrierten Laut von mir gebe und den Kuss schwer atmend unterbreche, um meine Handflächen an seine Brust zu legen, die sich ebenfalls deutlich hebt und senkt. Mit einer Kraft, die ich mir selbst nicht zugetraut hätte, schiebe ich ihn von mir. Weiter, immer weiter, bis er an der Bettkante anstößt.

»Winter …«

»Sch«, mache ich leise, aber bestimmend, und gebe ihm einen leichten Schubs.

Sein Blick weicht nicht von meinem, als er auf die Matratze sinkt und zu mir aufsieht. Seine Hände zucken an seinen Seiten, doch er wagt es nicht, mich zu berühren, und das erinnert mich daran, dass er entgegen allem, wozu er fähig ist, immer noch mein Dante ist. Er ist derjenige, der damals sofort begriffen hat, was ich ertragen kann und was nicht, und obwohl er genau dieses Wissen später gegen mich verwendet hat, liebe ich ihn dafür. Ich liebe ihn für seine Vorsicht genauso sehr wie für seine Skrupellosigkeit. Ich liebe die Sanftheit, die in ihm steckt, ebenso wie die Gewalt. Und so wahnsinnig das auch sein mag: Ich liebe ihn, weil der Gedanke, dass ich nicht mehr seine Winter bin, ihn so fertiggemacht hat, dass er sich beinah selbst zerstört hat.

Mit fahrigen Bewegungen streife ich meine Schuhe ab und zerre die Hose von meinem Körper, während ich in Dantes Iriden versinke. Dann setze ich mich ohne ein Wort rittlings auf ihn und greife nach der Schnalle seines Gürtels. Meine Finger zittern, und als ich Dantes Hände an meinen spüre, befürchte ich schon, dass er mich aufhält. Doch stattdessen schiebt er sie beiseite, um die Schnalle selbst zu öffnen, bevor er mit einer Hand in meinen Nacken greift und meinen Mund wieder an seinen bringt.

SIEBENUNDZWANZIG
DANTE

Ich dachte nicht, dass Winter mich auch nur ansehen würde. Ich habe nicht daran geglaubt, ihre Stimme noch mal zu hören. Nie hätte ich auch nur darauf gehofft, ihre Lippen erneut schmecken zu dürfen, und erst recht hätte ich mir nicht erträumen lassen, dass sie diese Worte jemals wieder ausspricht.

Und doch ist genau das passiert. Entgegen allem, was vernünftig und nachvollziehbar ist, liebt Winter mich noch. Diese unglaubliche, wahnsinnige, starke Frau liebt *ausgerechnet mich* und vergibt mir, was ich getan habe.

Es ist mir unbegreiflich, wie das sein kann, und auch wenn meine Gedanken wegen dem, was sie mir scheinbar versehentlich offenbart hat, rasen, werde ich ihr nicht verwehren, was sie will. Auch nicht, wenn mein Plan ein anderer ist.

Dieses eine Mal wird Winter mich noch haben. Danach stehe ich zu meinem Wort und gehe.

Ungeduldig befreit sie meinen Schwanz und legt ihre Finger darum. Nur wenige Sekunden später hebt sie ihr Becken, um sich über mir zu positionieren und mich mit ihrer Wärme zu umschließen. Ein kehliges Stöhnen entkommt ihr und wird von mir verschluckt, als sie sich mit ihren Händen auf meinen Schultern abstützt. Meine Finger wollen sich um ihre Kehle legen, aber ich lasse sie an ihrem Nacken und vergrabe sie stattdessen in ihrem Haar, während Winter mich mit einer Verzweiflung reitet, die mir beinah den Atem raubt.

Fuck. Ich habe sie vermisst. Nichts von dem, was ich im Keller mit ihr getan habe, konnte mich auch nur annähernd befriedigen oder hatte etwas mit dem gemein, was wir davor geteilt haben. Es war pure Folter; für sie *und* mich. Aber das hier … Das ist, was wir sind. Verzweiflung. Unumstößliche Liebe. Einnehmendes, nicht zu bändigendes Verlangen, das niemand verstehen würde. Ich war nur zu blind, um mich daran zu erinnern, und habe damit alles zerstört.

Ihre Muskeln verkrampfen und lassen mich ihre Enge noch intensiver spüren. Sie löst sich von meinem Mund und legt ihre Stirn an meine, während ihr Atem keuchend entweicht und gegen meine Lippen stößt. Ich verstärke den Griff in ihrem Nacken und lege meine andere Hand an ihre Hüfte, um sie bei ihren Bewegungen zu unterstützen. Dabei sauge ich alles von ihr auf, was ich bekomme, und ertrinke regelrecht darin. Ihren Duft. Ihren Geschmack, der noch auf meiner Zunge liegt. Den wunderschönen Klang ihres leisen Stöhnens, als ich mein Becken kippe, um noch tiefer in sie eindringen zu können. Ich ertrinke in ihrem Anblick und dem Gefühl ihrer Haut. Und dann sterbe ich in ihrem Schoß, als sie meinen Namen flüstert und um mich herum kommt.

Winter sieht mich fragend an, als ich mein Handy aus der Hosentasche ziehe, obwohl sie noch immer auf mir sitzt.

»Ich rufe Robin an«, erkläre ich, während ich mit der anderen Hand weiterhin ihren Nacken umgreife und meine Fingerspitzen sachte über ihre Haut streichen. »Er soll dich abholen.«

»Wieso kann ich nicht mit dir fahren?«, will sie wissen, wobei ihr Atem noch etwas zu schnell geht.

Ich hebe das Handy an mein Ohr. »Weil ich mit dem Motorrad hier bin und keinen Helm dabeihabe.«

Winters Augen weiten sich minimal, während ich Robin kurz und knapp mitteile, dass er herkommen soll. Anschließend werfe ich das Handy hinter mich aufs Bett und umgreife Winters Gesicht mit beiden Händen. Meine Gedanken werden wieder klarer und driften zu ihrem Vater zurück, der binnen eines Herzschlags von einer Unannehmlichkeit zu einem wandelnden Toten geworden ist. Denn dieses eine Mal ist es mir egal, was Winter will. Ich werde ihn töten. Selbst wenn das bedeutet, dass ich das Versprechen brechen muss, das ich einem toten Kind gegeben habe. Samuel Symons wird sterben. Und er wird nicht der Einzige sein.

»Du bist wahnsinnig, Winter«, murmle ich gegen ihre Lippen, bevor ich sie mit meinen versiegle. Sie soll nicht merken, dass ich im Kopf weit weg bin, obwohl ihr Körper an meinem mich erden sollte. Aber das, was ich erfahren habe, ist noch schlimmer als die Grausamkeiten, die sie mich bisher hat glauben lassen.

Ich habe wirklich gedacht, ihr Vater wäre einfach nur ein kaltherziger Mensch, dem das Wohl seiner Tochter egal ist. Aber ein Vater, der sich an seinem eigenen Kind vergeht, ist mit das Widerwärtigste, was ich mir vorstellen kann. Und das war nicht mal alles.

Ausgeweidet. Das war es, was Winter sagte. Dass ihr Vater sie regelrecht ausgeweidet hat. Es war nicht Victor, der den Eingriff hat vornehmen lassen. Es war Samuel. Er hat nicht nur dafür bezahlt – er hat es angeordnet. Damit er seine Tochter ficken konnte, ohne Angst davor haben zu müssen, dass sie von ihm schwanger wird.

Langsam schiebe ich Winter von mir, als Galle in meiner Kehle aufsteigen will, weil der Gedanke an diese Abartigkeit mir Übelkeit verursacht.

Sie steht auf, macht jedoch keine Anstalten, sich auszuziehen oder ins Bad zu gehen. Stattdessen zieht sie den Stoff ihres Slips, den sie nur zur Seite geschoben hatte, wieder zurecht und greift nach ihrer Hose. Sie will mich so lange wie möglich in sich haben, und das macht alles noch viel schwerer für mich.

Ich will nicht gehen. Ich will sie nicht verlassen und will nicht, dass dies die letzten Momente sind, in denen ich sie noch sehen und fühlen kann. Aber ich muss. Ich kann nicht länger bei ihr bleiben, weil es zu verdreht ist. Es wäre falsch, ihrem wahnwitzigen Wunsch nach dieser Folter, die ich an ihr verübt habe, nachzugeben. Sie hat es nicht verdient, ganz gleich, was sie zu glauben scheint.

Winter wird ohne mich besser dran sein. Sie wird bei Robin bleiben und sich mit ihm um die Tiere kümmern. Ich weiß, dass er auf sie Acht geben und nichts an sie rankommen lassen wird. Er wird für sie da sein und sie wird heilen können, aber dafür muss ich verschwinden, weil es bereits zu abwegig war, dass eine Frau mit dem Mann zusammen ist, der ihr Mörder hätte sein sollen. Und nun will Winter sogar einen Schritt weiter gehen und den Rest ihres Lebens mit jemandem verbringen, der sie gequält, misshandelt und entwürdigt hat, und das kann ich einfach nicht zulassen.

»Das würde ich zu gern sehen«, sagt sie gedankenverloren, als sie ihre Schuhe anzieht und dabei den Blick über meinen Körper gleiten lässt.

Ich lege den Kopf schief und runzle die Stirn, nachdem ich meine Hose und den Gürtel geschlossen habe.

»Dich. Im Anzug. Auf dem Motorrad«, erklärt Winter. Und dann lächelt sie.

Fuck ... Dieses Lächeln wird mich bis ans Ende der Zeit verfolgen und daran erinnern, was ich hatte, bevor ich es dank meiner Fehler verloren habe.

ACHTUNDZWANZIG
WINTER

Dante auf das Motorrad steigen zu sehen, entschädigt mich für die kurze Zeit, die ich während der Fahrt von ihm getrennt sein werde. Es sollte unpassend wirken, wie sein Anzug mit dem schwarzen Lack der Maschine verschmilzt, aber das tut es nicht. Im Gegenteil. Es bringt die Muskeln in meinem Unterleib dazu, sich verlangend zusammenzuziehen, als ich auf ihn zugehe.

»Fahr vorsichtig«, bitte ich ihn, während er den Ständer einklappt und die Handschuhe anzieht, die unter der winzigen Windschutzscheibe der Yamaha geklemmt haben.

Er antwortet nicht, legt stattdessen aber seine Hand an meine Wange. Das kühle, glatte Material des Handschuhs schmiegt sich an meine Haut, während er mich mit intensivem Blick ansieht. Sein Daumen streicht über meine Unterlippe, und es kostet mich eine Menge Selbstbeherrschung, nicht mit der Zunge darüber zu lecken, bevor

Dante sich zur Seite beugt, um seine Lippen dorthin zu legen, wo eben noch sein Finger war.

Die Berührung ist beinah zart. Andächtig und mit einem leisen, aber tiefen Stöhnen küsst er mich, doch irgendetwas daran schmeckt nach Abschied. Bevor ich ihn fragen kann, was los ist, startet er jedoch den Motor und löst sich von mir.

Das Dröhnen der Maschine vibriert durch meinen Körper, während Dantes Blick über mich gleitet und er einmal am Gas dreht. »Ich muss noch etwas erledigen. Sei ein braves Mädchen, ja, Winter?«, sagt er über das Motorengeräusch hinweg, bevor er den Gang einlegt und losfährt.

Ich schaue ihm hinterher, wobei mir noch immer etwas schwindlig von dem Kuss ist, bis Dante vom Parkplatz rollt und mit aufheulendem Motor beschleunigt, um zu verschwinden.

Es fühlt sich surreal an, wieder auf der Farm zu sein. Die neuen Ställe, die während meiner Zeit im Keller gebaut wurden, sind riesig und noch viel schöner, als sie auf den Fotos wirkten, die Robin mir gezeigt hat. Ich wusste, dass Dante für die Tiere keine Kosten und Mühen scheut, aber die zwei großen Bauten, die mich empfangen, als ich aus Robins Wagen steige, sind ein Traum. Durch das offene Tor blicke ich auf die breite Stallgasse und erkenne schon von hier, dass die neuen Boxen geräumig und hell sind. Dann gleitet mein Blick zu den beiden Apfelbäumen, die

Dante neben dem Stall gepflanzt hat, der genau dort steht, wo der alte bis auf die Grundmauern niedergebrannt ist.

Mit langsamen Schritten gehe ich zu dem kleinen Fleckchen Erde, an dem das Gras unberührt wachsen kann und sich um das Herz aus weißem Marmor legt. Das Datum, das darin eingraviert wurde, lässt mich schwer schlucken, und Tränen der Trauer, aber auch der Rührung steigen in mir auf.

»Es ist wirklich wunderschön«, sage ich mit belegter Stimme, als Robin neben mich tritt.

Die Blätter an den Ästen der kleinen Apfelbäume flattern im leichten Wind hin und her, und ich greife instinktiv nach Robins Hand, während wir beide auf das Grab seiner Tochter blicken.

Dante hätte keinen besseren Platz dafür aussuchen können. Hier kann Alicia alles sehen. Die Tiere und die Weite der unzähligen Koppeln, die zu Dantes Farm gehören. Das Haus, in dem ihr Onkel lebt, ebenso wie das ihres Vaters. Sie kann die Sonne spüren, die den ganzen Tag über auf das Herz aus Stein scheint, und den Duft von Heu und Stroh einatmen.

Es ist perfekt.

Alles ist noch wie vor zehn Monaten, als ich Dantes Zimmer betrete. Beinah so, als wäre ich nur ein paar Tage weggefahren. Erst verletzt es mich, dass Dante einfach so weitergemacht hat, als wäre nichts gewesen. Doch als ich die Schranktüren öffne, muss ich mir eingestehen, dass ich nicht weiß, wie es wirklich für ihn war.

Meine Sachen liegen noch auf den Regalböden. Die Shirts und Hosen. Die Unterwäsche. Die Pullover und Blusen. Es ist alles noch da. Dante hat nichts davon angerührt, und ich frage mich, ob er es vielleicht einfach nicht konnte, weil ein Teil von ihm mich all die Zeit über geliebt hat.

Vermutlich kann ich mir nicht mal ausmalen, wie er sich fühlt. Dante mag kalt und beherrscht wirken, aber ich kenne ihn. Ich weiß, dass er sich von der Schuld erdrücken lässt, auch wenn er vorgibt, es sei nicht so. Denn das, was er getan hat, frisst ihn genauso auf, wie es mich aufgefressen hat.

Aus einem seltsamen Impuls heraus blicke ich auf die Uhr. Ein ungutes Gefühl macht sich in mir breit, als ich feststelle, dass es bereits spät ist. *Zu* spät.

Dante ist noch immer nicht nach Hause gekommen.

Ich gehe in sein Büro, um nach dem Telefon zu greifen und ihn anzurufen. Mein Blick wandert ziellos über seinen Schreibtisch, während ich darauf warte, dass er abnimmt, doch der Anruf wird schon nach wenigen Sekunden auf die Mailbox weitergeleitet. Es beunruhigt mich, dass ich ihn nicht erreiche, aber ich rede mir ein, dass er gerade fährt und deswegen nicht rangeht.

Als ich auflege, landet mein Blick auf einem großen braunen Umschlag, der mitten auf dem Tisch liegt. Er ist unbeschriftet, wurde aber nicht achtlos hingeworfen. Stattdessen liegt er akkurat an der Tischkante an, wobei das obere Drittel des Umschlags über die Tastatur ragt. Beinah so, als hätte Dante ihn absichtlich so platziert.

Ich sollte zu Robin gehen und ihn fragen, ob er eine Ahnung davon hat, was Dante noch erledigen wollte. Sicher weiß er, wo sein Bruder steckt, oder hat mit ihm gesprochen, und das ungute Ziehen in meiner Magengegend ist eine völlig übertriebene Reaktion. Stattdessen greifen meine Finger nach dem Umschlag und drehen ihn um. Auch auf der anderen Seite ist nichts vermerkt, doch die Lasche wurde nicht zugeklebt. Er ist nicht schwer, es sind also vermutlich nur ein paar Blätter Papier darin. Und ich sollte sie keinesfalls rausholen.

Ich bin seine Ehefrau, sage ich mir jedoch in Gedanken und versuche damit, zu rechtfertigen, dass ich die Lasche zurückschlage und in den Umschlag greife.

Als ich die Papiere darin zur Hälfte herausgezogen habe, erstarre ich. Selbst mein Herz hört auf zu schlagen, während ich die wenigen Worte, die oben aufgedruckt sind, immer wieder lese.

LETZTER WILLE
UND TESTAMENT

In der Zeile darunter steht Dantes Name.

Ich werde gehen, Winter. Sobald du gesund bist, verschwinde ich.

Der Kuss, der nach Abschied geschmeckt hat.

Ich muss noch etwas erledigen. Sei ein braves Mädchen, ja, Winter?

Er hat nicht gesagt, dass wir uns bald sehen. Kein ‚Bis gleich‘, ‚Bis später‘ oder ‚Ich werde nicht lange weg sein‘.

Weil er nicht vorhatte, nach Hause zu kommen.

Dass er mit dem verdammten Motorrad da war, ist

vermutlich Zufall gewesen, aber es hat ihm perfekt in die Karten gespielt, da ich so nicht mit ihm fahren konnte.

Er ist tot. Ich bringe ihn um.

Das ist es, was er erledigen wollte. Dante wird meinen Vater ermorden. Und dann wird er ... verschwinden. Ich weiß, was er mit diesem Wort meinte, aber ich wage es nicht, es auch nur zu denken.

Das kann er nicht tun. Das kann Dante mir verdammt noch mal nicht antun!

Mit seinem Testament in der Hand laufe ich aus dem Büro, während sich meine Gedanken überschlagen. »Robin!« Ich brülle seinen Namen so laut, dass das Ziegenböckchen in Dantes Bad ein erschrockenes Meckern von sich gibt, aber ich renne weiter, bis ich aus der Haustür stürme. »*Robin!*«

Er kommt mir aus dem Stall entgegen und sieht mich mit fragendem Blick an. »Was i–«

»Dante«, bringe ich atemlos hervor. »Er will ... Er ...«

Ich bekomme keine Luft mehr. Meine Kehle hat sich komplett verschlossen, während die Papiere in meiner Hand zittern und ich Robin mit geweiteten Augen ansehe.

Als meine freie Hand sich vor meinen Mund legt, greift Robin geistesgegenwärtig nach den Blättern und nimmt sie mir ab. Sein Gesicht wird augenblicklich von Panik gezeichnet, als er die wenigen Worte liest, die klarmachen, dass Dante –

»Dieser Bastard«, bringt er leise hervor. »Ich wusste, dass er etwas plant.«

»Robin ...« Meine Stimme klingt dünn und schwach, aber ich zwinge mich dazu, die nächsten Worte rauszubringen. »Ich glaube, er will vorher meinen Vater töten.«

NEUNUNDZWANZIG
WINTER

»Fahr schneller«, flehe ich Robin an, der zwar bereits sämtliche Geschwindigkeitsbegrenzungen überschreitet, aber dennoch viel zu langsam ist.

Die Zeit, die in den letzten Monaten so quälend langsam zu vergehen schien, rinnt mir jetzt geradezu durch die Finger. Sie läuft mir davon, und es macht mich wahnsinnig, dass ich sie nicht aufhalten kann.

Dante hatte zu viel Zeit. Aber wir haben den Vorteil, dass ich im Gegensatz zu ihm genau weiß, wo meine Eltern gerade sind, während er sie erst suchen musste.

Es ist der Abend vor dem vierten Juli. Und den verbringen sie immer in ihrem Strandhaus, das in einer großen Bucht liegt, weil die Feuerwerke des Unabhängigkeitstages dort am schönsten sind. Und oh, wie dieses Strandhaus Dante in die Karten spielen wird. Es ist eins der wenigen, die an der Nordseite der Bucht gebaut wurden. Im Umkreis von einer Meile gibt es keine

Menschenseele, die seinen Plan durchkreuzen könnte. Niemand, der etwas sehen oder hören wird. Keine Zeugen, die ihn unterbrechen könnten.

»Robin …«

»Ich mache ja schon, so schnell ich kann«, entgegnet er. Dabei versucht er, ruhig zu klingen, doch ich höre die Angst, die in den Worten mitschwingt und ihn genauso wahnsinnig macht wie mich.

Der Wald, durch den wir fahren müssen, um zu dem Grundstück zu gelangen, zieht dunkel an uns vorbei, während Robin die letzten zwei Meilen zurücklegt, die uns noch vom Haus trennen.

»Halt hier an«, bitte ich ihn, als wir knapp zweihundert Meter entfernt sind. »Wenn er den Motor hört, könnte er …«

Im Augenwinkel sehe ich Robin nicken, bevor er das Tempo drosselt und den Wagen einfach mitten auf dem Weg abstellt. Da es sich um eine private Zufahrt handelt, wird es niemand bemerken oder gar die Polizei rufen.

Nachdem wir die letzten Meter gelaufen sind, taucht das Gebäude aus Stahl, Holz und Glas vor uns auf. Die wenigen Lichter in den Fenstern sind mir schmerzhaft vertraut, beruhigen mich aber etwas, da sie beweisen, dass meine Eltern tatsächlich hier sind. Und wenn ich mit meiner Befürchtung recht habe, gehört der schwarze Mietwagen, der neben dem Range Rover meines Vaters steht, Dante. Er muss das Motorrad dagegen eingetauscht haben; vermutlich, weil es seinen Anforderungen nicht genügte. Dabei hat er sich nicht einmal die Mühe gemacht, sich anzuschleichen oder seine Spuren zu verwischen, weil er nicht vorhat, das hier als Phantom zu erledigen.

Ohne zu zögern gehe ich auf die Haustür zu und gebe den Zahlencode in das Nummernpad daneben ein, um das Türschloss zu entriegeln. Es grenzt an ein Wunder, dass mein Vater die Kombination nicht geändert hat, aber vermutlich dachte er, dass ich sie nicht kenne. Für ihn war ich wie Luft, weswegen er manchmal Dinge sagte, die nie an meine Ohren hätten dringen sollen, dabei aber offenbar vergaß, dass ich mehr mitbekam, als ihm lieb war.

Im Inneren des Hauses ist es totenstill, doch mir dringt augenblicklich der unverkennbare Geruch von Benzin in die Nase. Robin und ich tauschen einen Blick aus, der mir zeigt, dass er die gleiche Vermutung zu haben scheint wie ich.

Dante wird das Haus abfackeln. Und er will das, was er damals nur vorgetäuscht hat, zur Realität werden lassen und sich selbst darin töten.

Ein Poltern, das aus dem oberen Stockwerk kommt, lässt mich zusammenzucken, bevor meine Muskeln sich verselbstständigen und ich auf die Treppe zustürme. Robins Schritte folgen mir, als ich die Stufen erklimme und über den Flur laufe, bis ich durch die Schlafzimmertür meiner Eltern trete.

Der reglose Körper meiner Mutter liegt im Bett, als würde sie schlafen, doch das kleine Loch in ihrer Stirn und das unverkennbare Rot auf dem Kissen unter ihrem Kopf zeigen, dass sie nie wieder aufstehen wird. Dante hat sie im Schlaf erschossen. Er hat sie umgebracht, weil ich ihr egal war, sie aber nicht gefoltert, da sie kein aktiver Teil der Gräueltaten war. Sie hat einen barmherzigen Tod bekommen, doch ich weiß, dass er meinem Vater diese Gnade nicht erweisen wird.

»… seine eigene Tochter zu vergewaltigen?« Dantes Stimme wird mit jedem Wort lauter, weil die Rage ihm seine Beherrschung raubt.

Sofort drehe ich mich um und folge ihrem Klang, während Robin mir schweigend hinterhergeht. Die Spannung, die in der Luft liegt, vermischt sich mit dem Gestank des Sprits, betäubt meine Angst jedoch etwas, so dass ich tatsächlich sicheren Schrittes das Büro meines Vaters betreten kann.

Samuel wurde von Dante an einen Stuhl gefesselt und geknebelt. Er trägt seinen Pyjama und blutet aus der Nase, während er – arrogant, wie er ist – versucht, sich zu befreien. Dante hat mir den Rücken zugewandt und steht vor dem Safe, der sich in einem der Bücherregale befindet.

»Wie kommt man nur darauf?«, redet er wütend weiter, während er die Unterlagen durchgeht, die in dem Tresor lagen. »Sie hätte –«

»Dante.«

Er erstarrt, als ich seinen Namen ausspreche, bevor er herumfährt und mich mit wutverzerrtem Gesicht ansieht. »Was tust du hier, Winter?«

Die Erleichterung darüber, dass es noch nicht zu spät ist – dass wir rechtzeitig gekommen sind und Dante noch lebt –, lässt mich aufschluchzen. Mir wollen die Knie wegbrechen, doch ich halte mich irgendwie auf den Beinen und mache einen vorsichtigen Schritt auf ihn zu.

Mein Vater sitzt unterdessen mit geweiteten Augen auf seinem Stuhl und blickt zwischen uns hin und her, scheint aber zu erkennen, dass es klüger ist, sich nicht bemerkbar zu machen.

»Ich habe das Testament gefunden«, bringe ich mit bebender Stimme hervor. »Dante …«

Er wirft die Papiere achtlos auf den Boden, bevor er nach der Waffe greift, die er auf einem der Regalbretter abgelegt hatte, und sie auf Robin und mich richtet. »Hatte ich nicht gesagt, du sollst ein braves Mädchen sein?«

»Du hast viel gesagt«, erkläre ich und festige meine Stimme etwas, wobei ich mich nicht von dem Pistolenlauf ablenken lasse, der auf mich gerichtet ist. Ich weiß, dass Dante nicht abdrücken wird. Er kann mir damit keine Angst machen. »Dabei scheinst du allerdings vergessen zu haben, dass du nicht allein entscheidest. Nicht mehr.«

Zorn und ein Hauch von Hilflosigkeit stehen in seinem Blick, wobei er die Hand mit der Waffe nicht senkt, sich aber auch nicht rührt. Er weiß nicht, was er tun soll, da wir seinen Plan mit unserem Auftauchen durchkreuzt haben. Er kann das Haus nicht niederbrennen, solange wir darin sind. Aber er könnte die Waffe dennoch auf sich richten, und …

»Wieso, Dante?«, frage ich und wage mich noch einen kleinen Schritt nach vorn. »Ich bin doch hier. Es geht mir gut und ich …« Ein dicker Knoten bildet sich in meiner Kehle, während ich Dantes Blick standhalte und einen weiteren Schritt gehe, bis ich direkt vor ihm stehe. »Du musst das nicht tun.«

Vorsichtig hebe ich die Hand, um nach der Pistole zu greifen, aber Dante weicht abrupt zurück und hält sich die Mündung tatsächlich gegen die Schläfe.

Robin holt hinter uns hörbar Luft, wagt es aber wie ich nicht, sich zu rühren.

»Doch, Winter«, erwidert Dante leise. »Ich muss.«

Kopfschüttelnd flehe ich ihn mit den Augen an, während die ersten Tränen aufsteigen. Vor mir steht der Mann, den ich mehr liebe als alles andere, und er ist kurz davor, sich in den Kopf zu schießen. Blanke Panik rauscht durch mich hindurch und lässt mich zittern, als Dante wieder zu sprechen beginnt.

»Ich bin ein Feigling, Winter.« Er sagt es, als wäre es tatsächlich die Wahrheit. Für ihn ist es das vielleicht sogar, dabei ist das so schrecklich falsch.

»Ein Feigling und ein Heuchler. Ich habe gefoltert, gemordet und Unaussprechliches getan. Ich biege mir die Realität zurecht, damit sie meinen kranken Moralvorstellungen entspricht.« Er holt tief Luft, und mit einem Mal ist da all das Leid und jede Tonne Schuld, die auf seinen Schultern lastet, in seinen Augen zu erkennen. »Ich hätte dich beinah getötet.«

Die letzten Worte kommen nur noch leise aus ihm heraus, und er dreht den Kopf kurz weg, wobei er das Gesicht schmerzerfüllt verzieht. Als er mich wieder ansieht, stehen auch in seinen Augen Tränen und lassen etwas in mir reißen.

Es ist das letzte Stück der alten Winter – das letzte Stück von November –, das sich von mir löst und dem Platz macht, was ich schon viel früher an die Oberfläche hätte kommen lassen sollen.

Ich bin es leid, das Opfer zu sein. Und ich bin es leid, dass Dante glaubt, Dinge ohne mich und vor allem über meinen Kopf hinweg entscheiden zu können. Er hat ein Monster in mir geweckt, und dieses Monster wird einen Teufel tun und dabei zusehen, wie er Selbstmord begeht.

Meine Schultern straffen sich, und ich überbrücke den

letzten Abstand zwischen uns, während Dante mich unter Tränen ansieht und ich sogar einen Funken Angst in seinen dunklen Iriden erblicke.

»Ich weiß«, erwidere ich ruhig, als ich direkt vor ihm stehe, so dass ich zu ihm aufschauen muss. »Dante … Ich *weiß* das alles. Ich kenne dich und verstehe jede deiner Taten. Ich weiß, dass du ein Monster sein kannst. Dass du kaltblütig bist und grausame Dinge getan hast. Denkst du, ich werde jemals vergessen, was du mir in diesem Keller angetan hast? Ganz sicher nicht.«

Dantes Blick wird von einer weiteren Welle der Schuld überflutet, wobei er ein Kopfschütteln andeutet, doch ich bleibe hart.

»Aber deine Aufzählung ist unvollständig. Weil du viel mehr bist als das. Du bist gütig. Du bist fürsorglich, verständnisvoll und einfühlsam. Du sorgst und kümmerst dich um die, die dir am Herzen liegen, und würdest sie mit deinem Leben verteidigen, wenn es sein muss. Du hast all das nur eine Zeit lang vergessen. Als du mich in diesem Keller eingesperrt und angekettet hast, warst du nicht du selbst. Und weißt du, was ich glaube?«

Dante ist so auf meine Worte fixiert, dass er sich nicht rührt, als ich meinen Arm langsam hebe und die Finger um seine lege. Mit sanftem Druck bringe ich seine Hand nach unten und halte sie dann so, dass der Lauf der Waffe auf den Boden gerichtet ist.

»Du warst nicht mehr du selbst, seit du deinen Vater getötet hast«, erkläre ich leise und bringe dabei auch meine andere Hand an seine, damit ich seine Finger vorsichtig von dem harten Metall lösen kann. »Und dieser Junge? Der Junge, der damals so gelitten hat und von dem du dachtest, du hättest ihn ebenfalls umgebracht? Ich glaube, dass er noch lebt. Er ist noch in dir, Dante. Du musst nur zulassen, dass er wieder leben darf. Dass du wieder du sein kannst.«

Sein Gesicht ist eine Maske aus Schmerz, doch sein Blick ist weiterhin in meinem verankert, wobei er erneut den Kopf schüttelt, bevor er kaum hörbar antwortet. »Das geht nicht«, sagt er mit kratziger Stimme. »Ich kann nie wieder ich sein, Winter. Der Junge ist tot.« Dabei klingt er so schrecklich traurig ... So gebrochen, dass es für einen Augenblick unmöglich erscheint, dass er ein kaltblütiger Auftragskiller ist. Aber ich weiß es besser. Ich weiß, dass in ihm so viel mehr steckt, als er denkt.

»Vielleicht kannst du beides sein.«

Dante gibt ein freudloses Lachen von sich. »Und selbst wenn ... Du kannst nicht wirklich weiterhin bei mir sein wollen.«

Nun schüttle ich den Kopf. Er scheint nicht gemerkt zu haben, dass die Waffe mittlerweile in meiner Hand liegt, weil er so in seiner Schuld versinkt. Ich strecke den Arm nach hinten, und Robin nimmt mir die Pistole ab, während ich Dantes Blick an meinen fessle.

Innerlich aufatmend lege ich meine Hand an seine Wange und halte ihn so bei mir. »Ich habe alles von dir gesehen. Ich kenne jede Seite von dir. Jede Schattierung, jedes Lodern in deinem Herz, jeden Schmerz, den du fühlst. Und ich liebe dich trotzdem. Weil ich neben niemand anderem existieren kann. Weil du alles bist, was ich will. Wann begreifst du das endlich?«

»Ich kann nicht damit leben, Winter. Ich weiß, dass es mich zu einem Schwächling macht, aber ich ertrage es nicht.« Seine Schultern sacken hinab, und er senkt den Kopf, bis seine Stirn an meiner liegt und er die Augen schließt. »Jedes Mal, wenn ich dich ansehe, erinnert es mich an das, was ich getan habe, und ich ertrage es verdammt noch mal nicht.«

Entgegen seiner Worte greift seine Hand nach meiner Taille, als würde er Halt suchen. Mein Mörder – mein Foltermeister – hält sich an mir fest, weil seine Schwächen drohen, ihn zu überwältigen, und das bricht mir das Herz. Dennoch festige ich meinen Stand und nehme sein Gesicht in beide Hände.

»Aber *ich* kann es, Dante. Ich kann damit leben. Und ja, auch ich muss immer daran denken, aber … Ich kann damit leben. Also wirst du das gefälligst auch tun.«

DREISSIG
DANTE

Winter sollte nicht hier sein. Robin sollte nicht meine Waffe in der Hand halten. Und ich sollte nicht versuchen, ihnen zu erklären, wieso ich das hier tun muss.

Es ist die einzig logische Konsequenz. Ich muss sterben, weil dieser Kreislauf aus Wut, Gewalt und Tod sonst niemals endet und Winter darin verloren geht. Irgendwann wird sie von ihm verschluckt, wie sie von dem Monster in mir verschluckt wurde, und das kann ich nur aufhalten, indem ich mich töte. Weil ich es nicht mehr ertrage. Weil es einfach zu viel ist und ich nicht an Winter heranreiche.

Entschlossen löse ich mich von ihr und weiche einen Schritt zurück. Sofort tritt neue Sorge in ihre Augen. Es zerreißt mich innerlich, weil es das Letzte ist, was ich will. Sie soll nicht mehr leiden. Sie soll keine Angst mehr haben und vor allem nie wieder Schmerzen empfinden. Das war doch der Grund, wegen dem ich hergekommen bin. Weil ich ihren Vater für das, was er ihr angetan hat, umbringen will. Damit sie ihn nie wieder fürchten muss. Anschließend werde ich auch mich umbringen, weil ich mir selbst nicht traue. Ich kann mich nicht darauf verlassen, dass das, was passiert ist, sich nicht wiederholt, weil ich ein verdammter Feigling bin und eine Scheißangst habe. Vor allem, was mit Winter zu tun hat. Aber am meisten davor, sie zu verlieren.

»Einen Scheiß kann ich«, bringe ich nun beinah wütend hervor, weil sie es endlich begreifen muss. »Denn weißt du, was mir klar wurde? Du, Winter, bist stärker als alle Monster dieser Welt. Du bist eine gottverdammte Königin, und eine Königin kann nicht mit jemandem wie mir zusammen sein. Sie verdient jemanden, der sie auf Händen trägt, anstatt sie in Ketten zu legen. Du verdienst jemanden, der zu dir aufsieht und dich ehrt. Nicht mich, der dich foltert und quält und dir Schmerzen zufügt.«

Schwer atmend sehe ich sie an, weil ich hoffe, dass sie es nun versteht, doch Winter schüttelt den Kopf, wobei sie das Kinn reckt.

»*Ich* entscheide, was ich verdiene. Nicht du. Nicht meine Eltern. Nicht Robin. *Ich allein.*« Die Härte in ihrer Stimme lässt es mir eiskalt den Rücken runterlaufen und beweist, dass meine Worte nichts als die Wahrheit sind.

Und dann sind sie wieder da: die Blitze in ihren Augen. Diese wunderschönen, grellen, beängstigenden Blitze, die in dem Wolkenblau aufleuchten und mich daran erinnern, wozu Winter fähig ist. Die mich daran erinnern, dass sie mich in der Hand hält und ich keine Chance gegen sie habe. Die Blitze, die ich monatelang insgeheim vermisst habe und von denen ich nicht dachte, dass ich sie jemals wiedersehe.

Winter holt tief Luft, wobei sie ihre Finger fest um mein

Kinn legt. »Und ich schwöre bei Gott: Wenn du das hier tust, tötest du nicht nur dich, sondern auch mich. Denkst du wirklich, ich würde in einer Welt ohne dich leben können? Ich habe mich schon einmal umbringen wollen, weil ich dachte, ich hätte dich verloren.«

Ihr Blick wird noch härter. Noch entschlossener. Noch angsteinflößender.

»Glaub mir: Ich werde es wieder tun. Aber dieses Mal wirst du nicht mehr da sein, um mich aufzuhalten. Ist es das, was du willst? Dann bitte.«

Mit einer schnellen Bewegung ihrer anderen Hand greift sie unter meine Anzugjacke und zieht das Messer aus dem Holster, das an meiner Seite befestigt ist. Nur einen Sekundenbruchteil später hält sie es zwischen uns, als würde sie es mir anbieten.

»Tu es. Aber vergiss dabei nicht, dass ich dir folge. Und dann werde ich dich suchen. Weil ich wie du in der Hölle landen werde. Also los, Dante. *Tu es.* Tu es oder hör verdammt noch mal auf, vor uns davonzulaufen. Denn ich werde immer zu dir laufen, solange mein Herz schlägt.«

Ihre Worte hängen zwischen uns, während sie mich beinah herausfordernd ansieht. Für einen Moment vergesse ich alles. Alles, was um uns ist, was war und was zwischen uns steht. Ich sehe nur noch Winter und die Möglichkeiten, die sie mir aufzeigt. Sehe etwas, das eine Zukunft sein könnte, und Glück. Ich erkenne, dass ich so lange in meiner Dunkelheit und all der Gewalt gelebt habe, dass ich dachte, das wäre alles, was da noch ist. Und wenn man so in Schwärze versunken ist, vergisst man irgendwann, dass es auch noch Licht gibt.

Aber Winter hat das nicht vergessen. Sie sieht das Licht

zwischen uns und in mir, und mit dem Versprechen, das sie mir gerade gegeben hat – dem Versprechen ihres Todes, falls ich verschwinden sollte –, fesselt sie mich an dieses Leben und zerrt mich regelrecht ins Licht. Ich habe gar keine andere Wahl, als ihr zu folgen, weil sie bestimmt. Das hat sie schon immer. Ab dem Moment, in dem sie vor beinah einem Jahr aufgesehen und mich mit diesen leeren Augen angeblickt hat, hat sie über mich entschieden. Sie hat mich dazu gebracht, sie retten zu wollen und sie zu lieben. Sie hat nicht zugelassen, dass ich sie zerstöre, und wird mich davon abhalten, meinem Leben ein Ende zu setzen, weil ich ihr gehöre.

Meine Hand hebt sich, und ich lege die Finger um ihre, die den Griff des Messers umschließen. »Wenn ich könnte, würde ich mir hier und jetzt das Herz rausreißen und es dir auf einem Silbertablett überreichen. Weil ich das jedoch nicht kann, da du es mir verbietest …« Ich nehme ihr das Messer ab und trete einen Schritt zurück, während sie jede meiner Bewegungen verfolgt. »Bekommst du ein anderes von mir, Winter Baby.«

Dann umrunde ich Samuels Schreibtisch und gehe auf ihn zu. Er war zu dumm, um sich vorher bemerkbar zu machen, weil ich ihn dann womöglich einfach erschossen hätte, damit er still ist. Aber jetzt … Jetzt werde ich ihn ausweiden, wie er Winter ausgeweidet hat.

Seine Augen weiten sich im Angesicht des Todes. Ich wette, dass ich einen dunklen Fleck auf seiner Hose finden würde, falls ich hinsehen wollte. Stattdessen erwidere ich seinen Blick, als ich nach dem Hemd seines Pyjamas greife und daran zerre, bis die Knöpfe abspringen und sein nackter Oberkörper zum Vorschein kommt.

Sich windend versucht er, zu sprechen, doch der Stoff, mit dem ich ihn geknebelt habe, weil ich keine seiner kranken Ausflüchte hören wollte, hindert ihn daran.

Als ich die Klinge gerade über seinem Herzen ansetzen will, stoppt Winter mich, indem sie an meine Seite tritt und ihre Hand auf meine legt. »Gib mir das Messer«, befiehlt sie mit ruhiger Stimme.

Ich sehe zu ihr und erkenne diese Entschlossenheit in ihrem Gesicht, die mich immer wieder ängstigt. Ohne zu zögern überreiche ich ihr die Waffe und trete einen Schritt zurück.

»Robin«, sagt sie leise, wobei sie sich vor ihrem Vater aufbaut und ihn nicht aus den Augen lässt. »Warte unten auf uns. Du musst das nicht sehen.«

Verdammt. Sie weiß genau, dass er den Anblick von Blut nicht erträgt, zugleich aber nicht von ihrer Seite weichen will. Zwischen den beiden hat sich eine Freundschaft entwickelt, die mit nichts vergleichbar ist, und ich weiß, dass keiner den anderen jemals verletzen oder in Gefahr bringen würde. Sie würden ihr Leben für den jeweils anderen geben, wenn es sein muss, und das erfüllt mich mit Emotionen, die ich kaum ertrage.

Winter will meinen kleinen Bruder beschützen und beweist damit erneut, dass sie eine Größe besitzt, an die nichts heranreicht.

»Robin«, wiederholt sie nun strenger, weil er sich nicht rührt.

Ich drehe den Kopf, um zu ihm zu sehen und ein Nicken anzudeuten, als er meinen Blick erwidert.

Erst, als er verschwunden ist, holt Winter tief Luft.

»Wird man herausfinden, dass wir es waren?«, fragt sie leise, wobei sie weiter ihren Vater mustert.

»Nur, wenn du es möchtest.«

Sie nickt langsam, als würde sie darüber nachdenken.

Ihrem Vater rinnen unterdessen Tränen der Erkenntnis über das Gesicht, aber ich habe kein Mitleid mit ihm. Was er getan hat, ist nicht zu entschuldigen, und wenn Winter ihr Urteil vollstrecken will, werde ich es sie tun lassen.

»Sag mir, was ich tun muss«, flüstert sie irgendwann mit fester Stimme.

Und weil sie meine Königin ist, folge ich ihrem Befehl.

EINUNDDREISSIG
ROBIN

Die Lichter im Haus erlöschen plötzlich, als hätte jemand den Strom abgestellt. Kurz darauf steigen die ersten Rauchschwaden in den Himmel und werden vom fahlen Mondlicht angestrahlt. Der Geruch von Feuer dringt in meine Nase und weckt Erinnerungen an den Brand im Stall und all das Leid, das er verursacht hat, aber ich zwinge mich dazu, noch zu warten. Dante wird wissen, was er tut. Und selbst, wenn er sich doch gegen Winters Befehl stellen sollte – denn nichts anderes war es, was sie gerade ausgesprochen hat; es war ihr Befehl an ihn, weiterzuleben –, könnte ich ihn nicht aufhalten. Denn das kann nur Winter. Nur sie allein hat die Macht über ihn, und das ist gleichermaßen beruhigend wie beängstigend.

Als die beiden aus dem Haus treten, ist Winter blutüberströmt, doch sie hat den Kopf hoch erhoben, als würde sie aus einer Schlacht zurückkehren. Einer Schlacht, die sie gewonnen hat. Dabei glaube ich nicht, dass es Mordlust oder der Wunsch nach Rache war, der sie dazu brachte, ihren Vater selbst töten zu wollen. Nein. Sie wollte nicht, dass Dante auch nur einen weiteren Mord begeht. Wollte nicht, dass er sich noch mehr Tode aufbürdet, weil die Last auf seinen Schultern auch sie erdrückt.

Dante reicht ihr etwas silbern Glänzendes, als sie auf den Stufen unterhalb der Haustür stehen bleiben. Eine Flamme erscheint in Winters Hand, bevor sie sie ins Innere des Hauses wirft, wo das Feuer direkt an dem mit Benzin getränkten Boden leckt und schnell auch auf die Wände und alles andere übergeht, während Winter und Dante dabei zusehen.

Erst, als auch aus der Haustür dicker, schwarzer Rauch dringt und die Fenster wegen der Hitze zerspringen, wendet Winter sich ab und kommt auf mich zu. Dante folgt ihr, und der Anblick ihrer Silhouetten vor dem brennenden Haus lässt mich erschaudern.

Sie sind beide Monster. Dante bringt Zorn, Schmerz und Verderben, während Winter Entschlossenheit, Mut und Stärke in sich trägt, und mir wird klar, dass sie zusammen unbesiegbar sind. Keiner wird je an sie herankommen. Nichts und niemand wird sie zerstören oder trennen können, weil sie zwei Seiten einer Medaille sind. Licht und Dunkelheit. Leben und Tod. Schwarz und Weiß. Dabei sind sie sich so ähnlich, dass sie sich dank ihrer Sturheit beinah gegenseitig zerstört hätten, aber am Ende … Am Ende werden sie Hand in Hand gehen, ganz egal, was auch passiert. Und es wird ein gutes Ende sein, weil es eine Sache gibt, die vor nichts zurückschreckt: die Liebe. Die Liebe, die zwischen den beiden entsprungen ist und so verworren und falsch erscheint, aber doch das einzig Richtige ist.

»Lasst uns nach Hause gehen«, beschließt Winter seelenruhig, als sie bei mir angelangt ist und Dante neben ihr stehen bleibt. Dabei sieht sie noch ein letztes Mal auf das Haus ihrer Eltern, das in Flammen steht.

Alles, was ich sehe, ist eine Frau, die endlich frei ist.

Winter hat gewonnen, weil sie November und alles, was mit ihr zusammenhing, in den Flammen zurückgelassen hat. Sie hat sie umgebracht und sich selbst damit befreit. November ist tot. Und Winter kann endlich leben.

»Ich bin froh, dass du dich durchgesetzt hast«, gestehe ich, als ich das Zimmer betrete und meinen Blick über Dante gleiten lasse, der gerade seine Krawatte bindet. »Grau hätte schrecklich ausgesehen.«

Wenn ich ehrlich bin, wusste ich von Anfang an, dass Dante nicht zustimmen würde, aber ich liebe es einfach zu sehr, mit ihm zu streiten.

Sein Mundwinkel zuckt beim Versuch, ein Grinsen zu verbergen, als er sich zu mir umdreht. »Du magst darüber entscheiden, ob ich atme, aber die Farbe meines Anzugs ist und bleibt indiskutabel, Winter Baby.« Bei seinen Worten ist er die wenigen Schritte gegangen, die uns voneinander getrennt haben, und steht nun direkt vor mir.

Ich streiche die Krawatte mit den Fingern glatt, bevor ich den Kopf in den Nacken lege und sein Gesicht betrachte. Die markante, beinah messerscharfe Kieferlinie. Die Lippen, die noch immer ab und zu nach Gewalt schmecken. Die beinah schwarzen Augen, die nicht mal ansatzweise erkennen lassen, wie tief Dantes Abgründe wirklich sind.

Er wird mit jedem Tag attraktiver, und obwohl ich weiß, dass der Gedanke irrsinnig ist, glaube ich, dass es an dem Jungen liegt, den er Stück für Stück wiederauferstehen lässt. Da ist eine Sanftheit in seinen Iriden, die mir zeigt, dass ich die richtigen Entscheidungen getroffen habe, wobei ich die Kaltblütigkeit, die er in manchen Momenten darin aufblitzen lässt, ebenso liebe.

»Du willst das wirklich tun?«, fragt Dante, während er nach meinem Unterarm greift. Mit dem Daumen streicht er über mein Handgelenk, und für einen Sekundenbruchteil steht Schuld in seinem Gesicht, als sein Blick seinem Finger folgt.

Ich entziehe ihm meinen Arm und lege meine Hände stattdessen in seinen Nacken, so dass er mir wieder in die Augen schaut. »Allerdings. Und du wirst brav mitspielen.«

Dante verzieht keine Miene, doch ich kenne ihn gut genug, um zu wissen, dass er immer noch dagegen ist. Die letzten Monate waren ein regelrechter Kampf, weil ich meinen Willen durchsetzen wollte, während er darauf bestand, dass es nicht notwendig und zudem zu gefährlich sei. Aber wir wären nicht Dante und Winter, wenn es einfach wäre, und so fochten wir einen Teil dieser Schlacht laut diskutierend in seinem Büro aus, während der andere im Schlafzimmer stattfand. Am Ende habe ich gewonnen, und ich glaube, dass Dante es von Anfang an so geplant hat, es aber wie ich genießt, wenn wir aneinandergeraten.

Robin war der Leidtragende und versuchte anfangs, zu schlichten und als Mediator aufzutreten. Zumindest so lange, bis Dante und ich uns so sehr in Rage redeten, dass wir uns irgendwann in seiner Gegenwart wie Tiere ansprangen. Seitdem sucht er das Weite, sobald wir streiten. Zudem nimmt ihn das erste Semester seines Veterinärmedizinstudiums inzwischen so ein, dass er gar keine Zeit mehr hat, den Aufpasser zu spielen.

»Was soll ich nur mit dir machen, Baby?«, murmelt Dante und beugt sich nach unten, um seine Lippen an meinen Hals zu legen und mich erst sanft zu küssen, bevor er seine Zähne in meiner Haut versenkt.

Ich schlucke das Stöhnen runter, das mir entweichen will, und schiebe ihn von mir. »Nicht heute!«, beschwere ich mich und trete einen Schritt zurück, bevor ich mit der Hand auf die Tür deute. »Und jetzt verschwinde. Ich muss mich umziehen.«

Dante runzelt die Stirn, hebt dabei eine Augenbraue und folgt mir, um seine Hände an meine Hüften zu legen und mich festzuhalten. »Seit wann schmeißt du mich dafür raus?«, will er argwöhnisch wissen, aber ich schüttle ihn erneut ab.

»Seit heute.« Ich wende mich ab und gehe ins Bad. »Und sag Robin, dass ich so weit bin und er herkommen soll, um mir zu helfen.«

»*Wie bitte?*«

Ich zwinkere ihm über die Schulter hinweg zu und verschwinde dann im Badezimmer, um die Tür hinter mir zu schließen und sie zu verriegeln.

»Wieso soll Robin dir verdammt noch mal beim Umziehen helfen?« Dantes Stimme dröhnt durch die geschlossene Tür und ist von einer Spur Ärger verzerrt, doch ich lasse mich davon nicht einschüchtern.

»Dante …« Seufzend ziehe ich mein Oberteil aus. »Er hat mich nackt gesehen. Mehrfach. Also reg dich ab. Vor allem ist er dein Bruder, also geh endlich und tu, was ich dir gesagt habe.«

Ein wütendes Grollen erklingt, doch dann höre ich seine Schritte, die sich entfernen, und muss lächeln, weil er offenbar wirklich nichts von meinem Plan mitbekommen hat. Es könnte sein, dass er mich dafür umbringt. Wahrscheinlicher ist jedoch, dass er mich erst bestraft, um mir dann zu danken, und ich kann es kaum abwarten, bis es so weit ist.

»Hat er gesehen, was du dabei hast?«, frage ich Robin, als er knapp zehn Minuten später das Bad betritt, nachdem ich ihm die Tür geöffnet habe.

Er verzieht das Gesicht und hievt den Koffer auf den Waschtisch. »Hat er. Aber ich konnte ihn gerade so davon abhalten, mir das Teil aus der Hand zu reißen und hineinzuschauen.«

Ich gebe ein Brummen von mir. »Herrischer Idiot«, murmle ich, woraufhin Robin bedeutungsschwer eine Augenbraue hebt und ich mit einer Grimasse antworte, da wir beide wissen, dass ich das an Dante insgeheim liebe.

»Dann mal los«, beschließe ich und öffne den Reißverschluss des Koffers. »Ziehen wir mich an und sehen dann, wie wütend Dante wird.«

DREIUNDDREISSIG
ROBIN

Während ich allmählich etwas nervös werde, ist Winter die Ruhe selbst. Dabei sind es nicht die vielen Menschen, die sich auf der Wiese versammelt haben, auf der unzählige runde Tische, zwei Bars, ein fünfzehn Meter langes Buffet und noch weiterer Unsinn aufgebaut wurde, den die High Society so braucht, um in Geberlaune zu kommen. Es ist auch nicht die gesonderte Theke, an der zwei Frauen Spenden in Form von Schecks entgegennehmen und sich im Namen von Winter, Dante und den Tieren bedanken. Nicht einmal die große Bühne, auf der ich später eine Rede halten soll, ist der Grund für meine Unruhe. Es ist Winters absurder, wahnwitziger und womöglich mit Leichen endender Plan.

Es ist Winters Kleid, das sie wie einen Engel aussehen lässt. Es ist die winzige Schachtel in der Innentasche meines Anzugs, die eine Tonne zu wiegen scheint. Es ist der Pianist, der auf seinen Einsatz wartet und in Wahrheit gar kein Klavier spielen kann. Und es ist Dantes Reaktion auf das, was Winter tun wird. Diese Spendengala hat ihn schon zur Weißglut gebracht, doch sobald er versteht, was wirklich dahintersteckt, können wir nur noch auf Gottes Gnade hoffen.

Er war von Anfang an dagegen. Nicht nur, weil er diese Menschen, die Winter eingeladen hat, verachtet, sondern auch, weil sie eine Menge Presse bedeuten. Wir mussten ein ganzes Team an Sicherheitsleuten anheuern, die dafür sorgen, dass alle den von Dante festgelegten Abstand zu den Ställen und Koppeln einhalten, damit die Tiere von dem ganzen Trubel nicht gestört werden. Caterer, Bühnenbauer, Tontechniker und all deren Fahrzeuge sind zum Teil schon seit Tagen auf dem Gelände und machen Dante nervös. Er *hasst* Besuch. Und noch mehr hasst er es, wenn dieser Besuch seine Weideflächen zertrampelt, mit den Lastwagen im Schlamm steckenbleibt oder einfach nur atmet.

Man könnte also sagen, dass er gerade eine tickende Zeitbombe ist, weswegen ich ihm schon seit einer Woche aus dem Weg gehe. Winter allerdings scheint ihre Freude daran zu haben, ihn bis aufs Blut zu reizen, so dass ich mich manchmal frage, ob es wirklich gut war, dass sie die zurückhaltende November damals in diesem Haus getötet hat. Doch jedes Mal, wenn ich in ihre graublauen Augen sehe, weiß ich wieder, dass alles genau so gekommen ist, wie es kommen sollte.

»Das ist doch scheiße«, flucht sie genervt und greift nach einem Päckchen mit feuchten Kosmetiktüchern. »Ich hasse es, mich zu schminken.«

»Dann lass es«, erwidere ich schulterzuckend und knöpfe meinen Anzug zu.

Sie macht einen Schmollmund. »Aber Dante liebt es, wenn die Wimperntusche beim Bla–«

»Red *bitte* nicht weiter!«, unterbreche ich sie laut. »Das ist mein Bruder, von dem du da sprichst. Ich weiß schon mehr, als mir lieb ist. Also bitte … Sei einfach still.«

Winter zuckt mit den Schultern, wobei ein beinah diabolisches Grinsen an ihren Mundwinkeln zupft. »Sorry.« Anschließend reibt sie ihr Gesicht mit dem Tuch ab, bis all das Make-up verschwunden ist, das sie zuvor aufgelegt hat, und trägt dann nur die Mascara neu auf.

Ich verziehe das Gesicht, woraufhin sie mir die Zunge rausstreckt, als sie es im Spiegel bemerkt.

Manchmal kann ich immer noch nicht begreifen, wie sie ihm verzeihen konnte. Es erscheint mir absolut unglaublich, dass ein Mensch durchmachen kann, was Winter durchgemacht hat, und dennoch an das Gute in anderen glaubt. Denn das tut sie. Egal, wie schlimm die Wunden waren, die Dante ihr zugefügt hat, sie hielt an seinem Herzen fest, auch wenn ihr zwischenzeitlich die Kraft ausgegangen ist.

An das, was die beiden im Bett treiben, denke ich dabei gar nicht erst, weil ich Dante sonst regelmäßig windelweich prügeln wollen würde. Die blauen Flecken, mit denen sie manchmal am Frühstückstisch sitzt, reichen, damit sich mir der Magen umdreht. Aber Winter ist glücklich, und das ist alles, was für mich zählt, da sie inzwischen wie eine kleine Schwester für mich ist.

»Fertig«, sagt sie zufrieden und legt die Wimperntusche zurück in die Schublade des Waschtischs, um diese dann zu schließen. Anschließend greift sie nach der schwarzen Rose und steckt sie seitlich in ihr Haar, das sie inzwischen regelmäßig mit dem Rotbraun färbt, das Dantes Bade-zimmer damals so sehr versaut hat, dass er es vor vier Monaten neu fliesen ließ. Seitdem geht sie zum Friseur, weil selbst sie einsieht, dass es ein paar Dinge gibt, bei denen sie ihm nachgeben sollte.

»Dann mal los, Misses Deluca.« Ich winkle meinen Arm an, damit sie sich bei mir unterhaken kann, und trete einen der bedeutendsten und aufregendsten Gänge meines bisherigen Lebens an.

VIERUNDDREISSIG
DANTE

Meine Nerven sind zum Zerreißen gespannt. Nicht nur, dass Winter mich zu dieser Wohltätigkeitsgala überredet hat, obwohl wir dank des Erbes, das sie nach dem Tod ihrer Eltern erhalten hat, weiß Gott genug Geld haben. Ich muss mich auch mit diesen reichen, hochnäsigen Leuten unterhalten, die im Grunde nur eine Möglichkeit suchen, ihre Steuerlast zu senken und diese Wohltat zu ihren Gunsten zu nutzen. *Allein.* Weil Winter nun schon seit über einer Stunde mit Robin in unserem Badezimmer ist und dort wer weiß was treibt. Und dann ist da noch der Kerl aus Mississippi, dem ich damals das Motorrad abgekauft habe. Er sitzt allein an seinem Tisch, weil seine Freundin vor wenigen Minuten abgehauen und nun vermutlich ebenfalls bei Winter ist, und sieht mich argwöhnisch an.

Ich hätte Cole niemals eingeladen, aber Winter und seine Freundin Sophie haben einen Narren aneinander gefressen, seit sie sich das erste Mal gesehen haben. Dabei wollten wir nur Pebbles, den Schäferhund, nach Mississippi bringen, da er furchtbare Angst vor den anderen Tieren hat und ich mich daran erinnerte, dass Cole eine Art Auffangstation für Hunde und Katzen leitet. Es sollte nur eine Tagesreise werden, damit der Rüde eine bessere Zukunft haben kann. Am Ende waren wir drei Tage dort, in denen Winter und Sophie untrennbar waren und Cole und ich uns beinah an die Gurgel gingen.

Dieser Kerl ist mir nicht geheuer. Er hat Dreck am Stecken. Und er scheint das Gleiche von mir zu halten. Zu Recht, natürlich. Dennoch geht es mir gehörig gegen den Strich.

»Haben Sie sie gesehen?«, frage ich einen der Caterer, der mit einem Tablett voller Champagnergläser an mir vorbeiläuft, und halte ihn dabei am Arm fest.

Er schaut mich erschrocken an und schüttelt verwirrt den Kopf. »Wen?«

»Winter. Meine Frau.«

»Nein, Sir. Tut … Tut mir leid.«

Mit einem leisen Knurren lasse ich ihn los und drehe eine weitere Runde durch die Menge. Ich kann sie jetzt nicht mehr holen gehen, da es unhöflich wäre, unsere *Gäste* alleinzulassen. Zudem wurde ich von Winter dazu verdonnert, in exakt fünf Minuten die Eröffnungsrede auf dieser bescheuerten Bühne zu halten.

Gottverdammt … Diese Frau treibt mich in den Wahnsinn. Wenn ich sie nicht so abgrundtief lieben würde, hätte ich ihr für die Spielchen, die sie mit mir treibt, längst den Hals umgedreht.

Cole erhebt sich und kommt auf mich zu, als ich mich seinem Tisch nähere. Ich hätte nicht erwartet, ihn in einem

Anzug zu sehen, da er bei den drei Malen, die wir uns seit diesem ersten Treffen gesehen haben, lieber mit einem eng anliegenden Shirt seine Muskeln spazieren trug. Selbst der Anzug kann seine breiten Schultern und die tätowierten Hände nicht verbergen und lässt ihn somit aus der Masse herausstechen. Dass er wie ich ausnahmslos Schwarz trägt, ignoriere ich dabei, weil Sympathie das Letzte ist, was ich ihm gegenüber empfinden will.

»Ist Winter auch verschwunden?«, will er hörbar genervt wissen, als er neben mir angelangt ist, wobei er das Wasserglas, das er in der Hand hält, träge schwenkt.

Ich meide seinen Blick, während ich die Hände in die Hosentaschen schiebe. »Sie ist nie aufgetaucht«, gebe ich grollend zurück und wünschte, ich könnte mich ebenfalls an einem Glas festhalten, wobei ich einen Tumbler mit etwas Hochprozentigem bevorzugen würde.

Als ich doch zu Cole sehe, glaube ich, in seinem Blick denselben Wunsch zu erkennen, doch soweit ich das mitbekommen habe, ist er seit Jahren trocken, weshalb ich beinah Mitleid mit ihm habe. Aber eben nur beinah.

»Die beiden sind wirklich …«

»Nervenzehrend?«, schlage ich vor, woraufhin er den Kopf senkt, um sein Grinsen zu verbergen, bevor er mich ansieht.

»Ich wollte stur sagen, aber ja«, stimmt er mir zu. »Das trifft es auch ganz gut.«

Mir ist nicht entgangen, dass die Dynamik der zwei ähnlich ist wie unsere, wobei ich bezweifle, dass er sie umbringen wollte, um sie dann zu foltern und dabei zuzusehen, wie sie sich mit einer Waffe in den Kopf schießen will. Doch so sehr ich Cole Walker misstraue, er scheint genauso vernarrt in Sophie zu sein, wie ich es in Winter bin. Und so gern ich ihn auch hassen möchte: Das ist etwas, das uns auf eine seltsame Art verbindet.

»Ah.« Cole hebt sein Glas und deutet ein Nicken in Richtung meines Hauses an, wobei er ein Grinsen auflegt, das ich ihm am liebsten aus dem Gesicht schneiden würde. »Da sind sie ja. Und Winter sieht …«

Seine letzten Worte nehme ich nicht mehr wahr. Sie werden von einem lauten Rauschen in meinen Ohren übertönt, als mein Blick auf Winter fällt, die bei Robin untergehakt ist. Sie trägt ein schneeweißes Kleid. Eines, das ganz sicher nichts auf einer Wohltätigkeitsgala zu suchen hat.

Es ist ein gottverdammtes Brautkleid.

Fuck.

»Ich bringe sie um«, murmle ich wütend, während in meinem Kopf all die Rädchen einrasten, als ich begreife, was die vielen seltsamen Dinge zu bedeuten hatten, die sie in den letzten Tagen und Wochen gesagt und getan hat.

Wir haben einen Pianisten gebucht, der gar nicht spielt. Winter wollte Sophie unbedingt einladen, obwohl sie und Cole nichts mit der High Society zu tun haben. Sie bestand darauf, dass ich einen neuen Dreiteiler anfertigen lasse, damit er auch ganz sicher wie angegossen sitzt. Und diese Heimlichtuereien mit Robin? Er wusste davon, und so, wie es aussieht, führt er sie zum Altar, der in unserem Fall das Rednerpult ist, hinter dem der Pianist sich gerade aufstellt.

Ich soll keine Rede halten. Ich soll Winter das verdammte Jawort geben. Und weil sie mir aus irgendeinem Grund eins reinwürgen will, muss ich es vor all diesen Leuten tun, damit das Medienspektakel noch größer wird und die Spenden ins Unermessliche steigen.

»Damit solltest du bis später warten«, rät Cole, wobei ich sein Grinsen hören kann. »Zu viele Zeugen.«

Als ich ihn ansehe, zwinkert der Wichser mir tatsächlich zu, bevor er sich umdreht, um zu seinem Tisch zurückzugehen. *Arschloch.*

Während in mir Mordgelüste wachsen, wird um mich herum Getuschel laut, da die ersten Gäste Winter ebenfalls entdeckt haben. Blicke werden ausgetauscht, Hände vor den Mund gehalten, und hier und da ertönen Ohs und Ahs. Es kostet mich meine gesamte Selbstbeherrschung, nicht auf Winter zuzustürmen, um sie mir über die Schulter zu werfen und ihr ganz genau zu zeigen, was ich von ihrer Aktion halte.

Ein statisches Kratzen ertönt aus den Lautsprechern, bevor die Stimme des Mannes, der uns offenbar trauen soll, ertönt. »Mister Deluca? Wenn Sie so freundlich wären …«

Mit einem falschen Lächeln nicke ich ihm zu und gehe zur Bühne, um mich neben ihn zu stellen, während inzwischen alle Gäste entweder zu mir oder zu Winter blicken, die mit Robin und Sophie am Rand der Wiese stehengeblieben ist. Die drei tuscheln miteinander, wobei es so aussieht, als würden sie streiten, bis Robin sich von ihnen trennt und auf die Bühne zukommt.

»Sie sollten nach diesem Spektakel schnellstmöglich das Weite suchen«, sage ich mit zusammengebissenen Zähnen zu dem Pianisten, der neben mir eine Mappe öffnet und seine Unterlagen sortiert. »Ansonsten rollt Ihr Kopf.«

Der Mann mittleren Alters sieht ungerührt nach vorn und lächelt. »Ihre Frau hat mich bereits vor Ihnen gewarnt«, erklärt er leise, bevor er mich ansieht und tatsächlich ein Grinsen auflegt. »Sie hat mir auch gesagt, dass ich Ihre Drohungen nicht ernst nehmen soll. Also tun Sie uns allen einen Gefallen und genießen Sie es.«

Winter wusste ganz genau, wieso sie mir verboten hat, heute auch nur ein einziges Messer anzulegen. Ihr war klar, dass ich durchdrehen würde.

Fuck. Diese Frau …

Die Gäste bilden wie von Geisterhand einen Mittelgang, den Robin durchschreitet, um sich neben mich zu stellen. Er ist klug genug, um meinem Blick auszuweichen, aber das ändert nichts daran, dass er mit Winter unter einer Decke steckt.

»Sei kein Arsch«, murmelt er. »Sie freut sich seit Wochen darauf. Und wir wissen alle, dass du Nein gesagt hättest. Also reiß dich zusammen und schau dir an, wie wunderschön deine Braut ist.« Dabei holt er etwas aus seiner Anzugjacke, das er mir hinhält. Die Ringe.

»*Du*«, grolle ich. »Bist gefeuert.«

Robin lacht leise auf. »Du kannst mich nicht feuern. Ich bin dein Bruder. Vor allem gehört mir ein Drittel der Farm und Winter wird gegen dich stimmen, also …«

Ich bringe die beiden um. Ach … Was rede ich da? Ich bringe jeden Einzelnen um, der sich in dieser Sekunde auf meinem Grund und Boden befindet. Zumindest würde ich das gern. Stattdessen folge ich Robins Blick und zwinge mich dazu, alles andere auszublenden.

Winter hat sich bei Sophie untergehakt und wird von ihr durch den Mittelgang geführt, den die Reichen und Schönen gebildet haben. Sie sieht unglaublich aus. Ich habe keine Ahnung von Hochzeitskleidern oder davon, wie man ihren Schnitt beschreibt, aber der Stoff schmiegt sich sanft an ihren Körper und betont ihn auf eine elegante und zugleich verruchte Art. Das Weiß bildet einen krassen Kontrast zum satten Grün der Wiese, über die sie schreitet, und ein Schleier verbirgt ihr Gesicht vor mir. Ich bin mir jedoch ziemlich sicher, dass ich genau weiß, wie sie darunter aussieht. Ein Lächeln, das mich zugleich wahnsinnig und willenlos macht, wird auf ihren Lippen liegen, weil sie mit dieser Trauung mal wieder beweist, dass *sie* entscheidet. Das hat sie bereits in der Vergangenheit, und das wird sie auch bis ans Ende meines Lebens tun.

»Meine Damen und Herren, liebe Gäste.« Die Stimme des Redners dringt nur leise an mein Ohr, als Sophie und Winter am Altar angelangt sind und sich umarmen, wobei Sophie meiner Frau etwas ins Ohr flüstert. »Darf ich um Ihre Aufmerksamkeit bitten?«

Robin rammt mir seinen Ellenbogen in die Seite, damit ich mich endlich bewege, dabei kann ich meine Augen einfach nicht von Winter lassen. Sie sieht atemberaubend aus mit dem seidigen Stoff, dem Strauß aus schwarzen Rosen und dem Schleier, der ihre Wolkenaugen vor mir verbirgt. Wie die Marionette, die ich bin, trete ich um das Rednerpult herum und stelle mich so hin, dass ich Winter zugewandt bin, die den Blumenstrauß an Sophie übergibt.

»*Winter Baby*«, murmle ich lautlos und deute ein Kopfschütteln an, wohlwissend, dass sie meine Lippenbewegung und den Ausdruck in meinen Augen versteht. Sie weiß, dass es eine Drohung ist – wenn auch eine, die sie vermutlich verlangend die Schenkel zusammenpressen lässt.

»… Sie den Schleier heben würden, Dante?«

Robin räuspert sich, als ich nicht gleich reagiere, woraufhin ich einen halben Schritt nach vorn mache und an den dünnen Stoff greife, um ihn vorsichtig anzuheben.

Winter in die Augen sehen zu können, hat auch heute noch die gleiche Wirkung, die es in dieser verhängnisvollen Nacht hatte, in der ich sie töten sollte. Die wolkenblauen Iriden fesseln meinen Blick, während ich in ihnen alles erkenne, was sie fühlt, und der Mann hinter dem Pult-Altar seine Worte runter rattert.

»Falls Sie etwas vorbereitet haben, können Sie jetzt Ihr Gelübde sprechen, Winter.«

Sie deutet ein Nicken an, bevor sie sichtlich schluckt und meine Finger drückt, die sie irgendwann während des Geschwafels mit ihren umschlossen hat. »Also … Es ist nicht viel, was ich zu sagen habe. Ich hoffe, das ist okay.«

Im Augenwinkel sehe ich, wie der falsche Pianist nickt, doch ich konzentriere mich ganz auf Winter, die sich unsicher über die Lippen leckt.

»Dante.« Sie holt noch einmal tief Luft. »Du hast mich damals gerettet, weswegen ich dir auf ewig dankbar bin und dir gehöre, so wie du mir gehörst. Ich verspreche, dass ich sowohl im Leben als auch im Tod an deiner Seite sein werde, ganz egal, was auch passiert.«

Dann formt sie ein ‚Ich liebe dich' mit den Lippen, woraufhin ich mit einem ebenfalls stummen ‚Das nimmt kein gutes Ende' antworte.

»Möchten Sie auch etwas sagen, Dante?«

»Ich möchte eine Menge sagen«, antworte ich dem Mann, wobei sich ein durchtriebenes Schmunzeln auf meine Lippen legt. »Aber ich glaube nicht, dass Sie das hören wollen. Wenn Sie also nichts dagegen haben, würde ich meine Braut jetzt gern küssen.«

Er räuspert sich, deutet dann aber eine zustimmende Geste mit der Hand an. »Nur zu. Ich erkläre Sie hiermit zu –«

Meine Hände packen Winters Gesicht, bevor ich meine Lippen auf ihre prallen lasse und sie küsse. Ihre Finger gleiten in meinen Nacken, und als Robin ein Husten andeutet, beschließe ich, dass meine Frau lange genug die Oberhand hatte.

Ich entferne mich von Winter, die sich atemlos an mir festhält, und beuge mich über das Mikrofon. »Ladies and Gentlemen, das Buffet ist eröffnet. Vielen Dank für Ihre Spenden. Bitte entschuldigen Sie uns.« Dann packe ich Winter an den Hüften, werfe sie mir kurzerhand über die Schulter und verlasse die Bühne.

»Dante! Die Ringe«, ruft Robin uns hinterher, woraufhin ich ein wölfisches Grinsen auflege.

»Scheiß auf die Ringe«, antworte ich laut, drehe mich kurz um und werfe sie ihm zu. »Ich muss jetzt unsere Ehe vollziehen.«

Winter gibt einen protestierenden Schrei von sich, der jedoch in einem Lachen untergeht, das sie nicht kaschieren kann, während ich sie durch die schockierte Menge trage, die sich unter einer Wohltätigkeitsgala für Tiere sicher etwas anderes vorgestellt hat. Doch diese Suppe darf Winter auslöffeln. Allerdings erst, wenn ich mit ihr fertig bin.

FÜNFUNDDREISSIG
WINTER

»Dante!«

Er umgreift meinen Hintern fester, als er die letzten Meter bis zum Haus geht, wobei er keine Anstalten macht, mich runterzulassen.

»Du ruinierst das Kleid«, merke ich im Spaß an, wofür ich einen nicht gerade sanften Hieb auf die Pobacke ernte, der mich aufkeuchen lässt.

»Das will ich auch schwer hoffen«, erwidert er grollend und tritt an die Tür, die von einem Mitarbeiter des Sicherheitsteams flankiert wird. »Sie. Abtreten. Ich will niemanden im Umkreis von hundert Metern sehen.«

Ich kann das Gesicht des Mannes nicht sehen, da ich noch immer kopfüber auf Dantes Schulter liege, doch ich bin mir sicher, dass ihm gerade der Schweiß ausbricht.

»Aber ... Dann müssten wir alle –«

»Es ist mir egal, was Sie müssten«, unterbricht Dante

ihn mit drohendem Unterton. »Und machen Sie zweihundert Meter draus.«

Ich glaube, den Mann schwer schlucken zu hören, doch es könnte auch ich selbst gewesen sein.

»Ja, Sir.«

Wenige Sekunden später betritt Dante mit mir das Schlafzimmer und wirft die Tür hinter uns zu, um mich anschließend runterzulassen. Bevor ich auch nur die Chance habe, meinen Stand zu festigen, landet seine Hand an meiner Kehle und schnürt mir die Luft ab, woraufhin ich innerlich aufatme.

»Was habe ich getan, um das zu verdienen, Winter Baby?« Seine Stimme gleicht einem Schnurren, doch ich weiß genau, dass dies der Ton ist, der mir zeigen soll, dass ich es mal wieder zu weit getrieben habe.

Das Kinn anhebend lege ich ein Grinsen auf, weil ich keine Luft mehr habe, um zu antworten. Dante gibt ein Knurren von sich und greift an den Saum am Ausschnitt meines Kleides, doch ich deute ein Kopfschütteln an, woraufhin er augenblicklich innehält. Mit beiden Händen raffe ich den Stoff um meine Beine, bis mein linker Oberschenkel sichtbar wird.

Dantes Blick gleitet nach unten, und das Braun seiner Iriden wird zu diesem dunklen, unheilverkündenden Beinah-Schwarz, das ich so sehr liebe. »Du kleines Monster«, murmelt er mit einer Mischung aus Ärger, Verlangen und Anerkennung, bevor er nach dem Messer greift, das ich mit einem Strumpfband an meinem Bein befestigt habe.

Es ist das schwarze Sig Sauer, welches vor einer gefühlten Ewigkeit meine Aufmerksamkeit auf sich gezogen hat, als ich das erste Mal in Dantes Waffen-kammer war.

»Willst du mein Gelübde hören, Baby?« Bei seinen Worten schiebt Dante die Klinge des Messers zwischen meine Brüste. Dabei lockert er seinen Griff um meinen Hals etwas, damit ich Luft holen kann, verstärkt ihn jedoch nach einem Atemzug bereits wieder, was meine Knie weich werden lässt. Dann schneidet er das Kleid auf, wobei er auf die Knie sinkt, bis der Stoff vorn komplett aufklafft und preisgibt, dass ich nichts darunter trage.

Dante dreht das Messer in seiner Hand, so dass seine Finger die Klinge umgreifen, wobei er zu mir aufsieht. »Dann hör gut zu.«

Sein Mund landet auf mir und lässt mich laut aufstöh-nen, als sich seine Hand an meinem Hals wieder lockert. Mit kaltblütiger Präzision bearbeitet seine Zunge jeden Millimeter zwischen meinen Beinen, bis mir schwindlig wird, und als ich glaube, kaum noch stehen zu können, spüre ich den Griff des Messers.

Meine Lider heben sich flatternd, wobei ich den Kopf nach vorn fallen lasse und nach unten blicke. In Dantes Augen steht skrupellose, unendliche und einnehmende Lust, als er den Schaft des Messers in mir bewegt und ihn so kippt, dass er dank der geringen Länge den empfind-samsten Punkt in meinem Inneren berührt.

»Oh, fuck ...«

Die Klinge bohrt sich in Dantes Finger, so dass Blut über seine Hand rinnt, während er zu mir aufsieht und seine Zunge wieder an das kleine Nervenbündel in meinem Schoß bringt.

»Dante ...«

Er reagiert nicht. Stattdessen leckt, saugt und beißt er, bis mein Kopf wieder nach hinten kippt und nur sein Griff um meinen Hals verhindert, dass ich in mich zusammensacke.

»Was ist, Winter?«, murmelt er belustigt, als ich kurz davor bin, zu kommen, und frustriert aufstöhne, weil er sich von mir entfernt und die Bewegung des Messers stoppt. »Dachtest du, ich würde dich dafür belohnen, dass du mich auf so hinterhältige Weise heiratest? *Schon wieder?*«

Gott, wie ich ihn hasse. Und verdammt, wie ich ihn für diese süße Folter liebe …

Dante bringt mein Gesicht an seine Schulter, so dass ich seinen Atem an meinem Ohr spüre. »Sag mir, was du willst, Baby«, flüstert er und kann seine eigene Erregung dabei kaum verbergen.

Ich schnappe nach Luft, als er lockerlässt. »Dich, Dante.«

»Mhh … Ich brauche mehr, Winter. Rede. Benutz deinen Mund, damit ich weiß, was ich tun soll.«

»Zieh den Anzug aus«, bitte ich mit kehliger Stimme. »Ich will dich schmecken.«

Dante stöhnt leise auf, bevor er das Messer vorsichtig aus mir zieht und den feuchten Schaft noch einmal über meine Mitte gleiten lässt. Ein weiteres Zittern durchläuft mich, weil ich nach dem, was er mit seiner Zunge getan hat, so empfindlich bin. Dann erhebt er sich, wirft das Messer beiseite und schiebt mich dabei in Richtung des Bettes, bis meine Beine daran anstoßen und ich mich einfach fallen lasse.

Mit bebenden Muskeln beobachte ich, wie er Stück für

Stück den Anzug auszieht. Da ich unbedingt einen verfluchten Dreiteiler wollte, dauert es ewig, weil die Weste unzählige Knöpfe hat und Dante sich Zeit lässt. Frustriert reiße ich das zerschnittene Kleid von meinem Körper und bringe meine Finger zwischen meine Beine, was Dante ein verärgertes Schnalzen entlockt.

»Winter Baby …« Er öffnet den Gürtel, zieht ihn jedoch nicht aus den Schlaufen, da er entgegen allem, was passiert ist, klare Prinzipien und Regeln hat. Und eine davon lautet: keine Fesseln, wenn er mich auf diese Art nimmt.

Ich habe ihm unzählige Male erklärt, dass es okay ist. Dass ich keine Flashbacks mehr bekomme und es will, weil die schlechten Gefühle mit November in diesem Haus gestorben sind, als wir es niedergebrannt haben. Aber er besteht darauf, dass er mich dabei nicht fesselt, und da ich den Schmerz in ihm verstehe, habe ich nachgegeben.

Dennoch rutsche ich von der Bettkante und lasse mich auf die Knie sinken, um zu Dante aufzusehen, der inzwischen nackt vor mir steht. Sein Anblick fesselt mich mehr, als jede Kette es könnte, und ich sauge ihn in mich auf, während er auf mich hinabblickt und sich sein Atem beschleunigt. Dabei schiebt er seine Finger in meinen Nacken und löst geschickt den Knoten in meinem Haar, so dass die langen Strähnen auf meinen nackten Rücken fallen und er sie locker umgreifen kann.

»Und jetzt verrate mir …«, beginnt er heiser und neigt meinen Kopf dabei leicht nach hinten. Der Daumen seiner anderen Hand fährt über meinen Mundwinkel, und ich spüre das Blut, das aus seiner Handfläche tritt. »Wie lautet dein echtes Gelübde?«

Ein Lächeln formt sich auf meinen Lippen, als ich

meine Hände an seine Hüften lege und ihn zu mir ziehe, um meine Zunge über seine Härte gleiten zu lassen. »Mein echtes Gelübde?«, sage ich dann leise. »Du und dein Herz aus Gold – ihr gehört mir. Bis dass der Tod uns scheidet. Und darüber hinaus.« Dann umschließe ich ihn mit meinem Mund und nehme, was mir zusteht.

Made in United States
Orlando, FL
23 November 2024

54350217R00157